ADOLPHE RETTÉ

Jusqu'à la fin du Monde

TROISIÈME ÉDITION

PARIS
ALBERT MESSEIN, ÉDITEUR
19, QUAI SAINT-MICHEL, 19

1926

PAUL VERLAINE

ŒUVRES COMPLÈTES. — Tomes I, II, III, contenant les Vers ; Tomes IV, V, la Prose. (6ᵉ et 7ᵉ volume) Tome I, II *Œuvres Posthumes* contiennent des vers et de la prose. Chaque volume in-16 broché . . . . 15 »

Les 7 volumes ci-dessus reliés 1/2 chagrin, coins têtes dorées 250 »
ou 1/2 maroquin. . . . . 325 »

Nous vendons séparément :

Sagesse. Une plaquette in-12 . . . . 7 »
Amour . . . . 7 »
Bonheur . . . . 7 »
Liturgies intimes . . . . 7 »
Voyages en France par un Français . . . . . 8 »

———

Poésies religieuses. Préf. de J.-K. HUYSMANS. Choix de poésies formant un gros volume in-12 broché . . . . 8 »

ERNEST DELAHAYE

Verlaine. Etude biographique. Un fort vol. in-16 couronné par l'Académie Française. Broché . . . . 12 »
Rimbaud. *L'Artiste et l'Etre moral.* Un vol. in-16. . . . . 9 »
Souvenirs familiers. *A propos de Rimbaud, Verlaine, et Germain Nouveau.* Un vol. in-16 broché 7 50

J.-K HUYSMANS.

Trois Primitifs — *Les Grunewald du Musée de Colmar, Le Maître de Flémalle et la Florentine du Musée de Francfort sur le Mein.* 1 vol. in-8ᵉ avec gravures, reproduction de *La Cruxifixion de Cassel.* . . . . 12 »

CHARLES MORICE

Lettres à mes Amis sur Quelques Points de Durable Actualité :
I. Le Retour ou : Mes Raisons. Dédiée à *Louis Le Cardonnel.*
II. L'Amour et La Mort. Dédiée à *Maurice Barrès.*
Chaque volume in-12 broché . . . . 8 »
Pages Choisies. Vers et Prose. Un fort vol. in-12 . . . . 8 »
Il est Ressuscité. Nouvelle édition augmentée d'une préface (6ᵉ mille) . . . . 8 »
Du sens religieux de la poésie. 1 vol. in-8 . . . . 6 »

JUSQU'A LA FIN DU MONDE

DU MÊME AUTEUR

POÉSIES (1897-1906) : *Campagne première, Lumières tranquilles, Poèmes de la forêt* (Messein). . . **7 fr.**
Une belle dame passa (Messein. 1 vol. in-12) . . **7 fr.**
Le Symbolisme (anecdotes et souvenirs). 1903 (Messein. 1 vol. in-12) . . . . **9 fr.**

ŒUVRES CATHOLIQUES

Du diable à Dieu, récit d'une conversion (Messein).

Le règne de la Bête, roman (Messein).

Un séjour à Lourdes, journal d'un pèlerinage à pied, impressions d'un brancardier (Messein).

Sous l'étoile du Matin, la première étape après la conversion (Messein).

Dans la lumière d'Ars, récit d'un pèlerinage (Tolra).

Au pays des lys noirs, souvenirs de jeunesse et d'âge mûr (Téqui).

Quand l'esprit souffle, récits de conversions, Huysmans, Verlaine, Claudel, etc. (Messein).

Ceux qui saignent, notes de guerre (Bloud et Gay).

Sainte Marguerite-Marie, vie de la Révélatrice du Sacré-Cœur, d'après les documents originaux (Bloud et Gay).

Lettres à un indifférent, apologétique réaliste (Bloud et Gay).

Le Soleil intérieur, Saint Joseph de Cupertino, Catherine de Cardonne, une Carmélite sous la Terreur, la Charité du malade (Bloud et Gay).

Louise Hipas, une privilégiée de la Sainte-Vierge, préface de Mgr Landrieux, évêque de Dijon (Bloud et Gay).

Léon Bloy, essai de critique équitable (Bloud et Gay).

La Maison en ordre, autobiographie (Nouvelle librairie nationale).

Les Rubis du Calice, méditations et oraisons sur des textes de la Messe (Messein).

La basse-cour d'Apollon, mœurs littéraires (Messein).

ADOLPHE RETTÉ

Jusqu'à la fin du Monde

PARIS
ALBERT MESSEIN, ÉDITEUR
19, QUAI SAINT-MICHEL, 19

1926

In corde Christi

Amicis

Etiam ignotis

Et

Benefactoribus

PRÉAMBULE

Il existe, dans l'œuvre de Pascal, un écrit où
se résume toute la ferveur de cette grande âme
éprise du Bon Maître alors qu'il souffre dans
l'angoisse d'une nuit sans étoiles. C'est *le Mystère de Jésus.* Ici, point de propositions théolo-
giques ou morales développées à loisir, point
de controverses ni de polémiques. Seul à seul
avec Celui qui a voulu supporter, en un abandon total, le poids de tous les péchés du
monde, Pascal reçoit la grâce de partager sa
détresse. Il le voit pleurer et il pleure ; il le voit
saigner et il saigne. Les souffles lugubres qui
agitent les feuillages du Jardin des Olives lui
frôlent la face et se mêlent aux ricanements
du Démon qui rôde à travers l'ombre implaca-
cable. Son cœur palpite à l'unisson du Cœur
lacéré de Jésus et chacune des phrases qu'ar-
ticule péniblement cette bouche trois fois
sainte le transperce comme une flèche dont la
piqûre barbelée le fait tressaillir jusqu'au plus
profond de son être. Il crie, non parce qu'il
souffre, mais parce que Jésus souffre par lui,
pour lui — en lui. Et ses cris sanglotés, c'est

ce dialogue, sans art, sans littérature, mais où, bien au-dessus des pauvres artifices de notre rhétorique, la voix même du Rédempteur retentit dans son âme pour la purifier, pour la fondre au creuset de ses propres douleurs, pour l'offrir, toute pantelante de contrition, à la justice du Père éternel.

Dans cette nuit très obscure, dans cette nuit de sacrifice absolu, Pascal se sent comptable de notre ingratitude perpétuelle à l'égard du Sauveur. En gémissant, il murmure ces mots d'une véracité si effrayante : « *Jésus sera en agonie jusqu'à la fin du monde ; il ne faut pas dormir pendant ce temps-là... Jésus a prié les hommes et il n'a pas été exaucé.* »

Peu s'en faut que le voyant ne défaille pour s'être abreuvé à cette coupe d'amertume. Simultanément, il lui semble que son Dieu, délaissé hier, maintenant, toujours, s'est en allé très loin et ne reviendra sans doute jamais plus. Il tâtonne à sa recherche et ne palpe que des ténèbres. Il s'arrête éperdu ; il ne sait à quoi se résoudre. Il se demande s'il est mort impénitent et si son âme erre déjà au seuil de l'enfer.

Mais alors Jésus se manifeste et lui fait entendre des mots de lumière : « *Console-toi, tu ne me chercherais pas si tu ne m'avais trouvé... Je pensais à toi dans mon agonie ; j'ai versé telles gouttes de sang pour toi...*

C'est mon affaire que ta conversion ; ne crains point et prie avec confiance, comme pour moi...»

Tout le sens sublime du *Mystère de Jésus*, à savoir l'extrême désolation compensée par l'extrême espérance, se dégage de ces paroles. Le Sauveur s'y assimile à l'âme en détresse qui l'implore ; il imprime en elle son image. Renvoyant au ciel sa divinité, il ne veut plus être qu'un débris d'homme très humble et très faible et qui demande *qu'on prie pour Lui* à peu près comme on prie pour les âmes du Purgatoire. Et il n'est pas d'union plus efficace, plus illuminante que celle qui se réalise, de la sorte, dans la douleur infinie avec Jésus. Saint Jean de la Croix eut raison de dire que cette nuit sanglante, c'était « un abîme de clarté ».

*
* *

L'agonie de Jésus au Jardin des Olives, première phase de la Passion, déconcerte beaucoup trop de catholiques de même que les incommodent les vociférations et les crachats de la foule au prétoire de Pilate ou le bruit des marteaux frappant sur les clous qui rivent Jésus à la Croix. Il ne leur déplaît pas de s'asseoir au banquet des noces de Cana ; ils aiment assez à brandir des palmes, en chantant, le Jour des

Rameaux, Mais souffrir avec Jésus, l'assister dans sa solitude, on y répugne. On préfére écarter la pensée de ce qu'Il donne pour nous. Un contemplatif le marque avec tristesse : « Bien des personnes, écrit-il, éprouvent une impression de gêne en présence de la Passion de Jésus-Christ ; et ce qui augmente ce malaise, c'est que Jésus nous invite à faire entrer sa Passion dans toute notre existence. » Oui, fort souvent, on ne veut demander au christianisme que des émotions agréables et superficielles. Et c'est à cause de cette barbare légèreté qu'en un grand nombre d'âmes, Jésus subira son agonie *jusqu'à la fin du monde...*

Je ne suis qu'un atome à côté de Pascal et je prêterais à rire si j'avais l'outrecuidance de placer mes piètres écritures auprès du *Mystère de Jésus.* Pourtant, Dieu m'ayant octroyé la grâce de la souffrance quotidienne, daigne aussi m'insuffler la volonté de l'unir aux souffrances de mon Rédempteur. Je ne méritais pas cette marque de sa miséricorde. Qu'on me permette de rapporter la circonstance où je la reçus.

J'étais de passage dans une ville populeuse et bruyante dont la plupart des habitants cherchaient à oublier les horreurs de la guerre en s'étourdissant parmi des liesses ignobles. Sans aucun doute, il s'y trouvait, çà et là, quelques

âmes d'oraison mais je ne les connaissais pas.
Déjà malade, environné d'indifférence joviale,
à peu près sans le sou, je sentais le découra-
gement s'insinuer en moi d'autant que l'avenir
m'apparaissait très sombre. Je priais bien encore un peu, par bribes, non de l'âme mais du
bout des lèvres, car l'*A quoi bon ?* père de toutes
les désertions commençait à régir mes prières.
Et le Mauvais en profitait, selon sa tactique in-
variable, pour me chuchoter que Celui à qui
j'avais la naïveté de me confier ne prêtait nulle
attention à mes plaintes. Un soir, je me traînais
aux confins du désespoir ; je me disais que
j'étais bien sot de m'enliser dans ma peine
plutôt que de chercher une diversion brutale
dans les fêtes grossières qui m'invitaient à
chaque pas. En ce péril, je fus conduit, je ne
sais comment, devant la porte entr'ouverte d'une
église. D'un mouvement tout machinal je la
poussai ; j'entrai dans le sanctuaire ; ce fut par
habitude et sans même articuler une syllabe
de dévotion que je m'inclinai devant le Saint-
Sacrement.

Il n'y avait personne que moi — personne,
sauf Jésus caché dans le tabernacle. Mais je
n'avais pas conscience qu'Il fût là ou plutôt,
cela m'était égal. J'errai quelque temps de la
nef au transept puis je m'assis contre un pi-
lier. Courbé sur ma chaise, la tête basse, l'âme

inerte, je n'essayais plus de formuler le moindre fragment de prière liturgique. Ce n'était pas seulement la fatigue qui me faisait fléchir de la sorte. Il naissait aussi en moi un sentiment de révolte qui m'incitait à refuser mon hommage à Jésus parce que *je tenais* à me figurer qu'il m'avait abandonné. Le démon, prenant vigueur dans ma lâche faiblesse, ne cessait d'attiser, d'une griffe sournoise, cette flamme de rébellion. Le pire de mon état, c'est que je ne m'en rendais pas compte. Inclinant vers le péché consenti, j'en étais à ce point que me vautrer dans la fange, par rancune contre le Seigneur, me paraissait presque équitable... Ah ! comme on risque d'être changé en pourceau quand on tolère que la nature déchue se dérobe à la Grâce !

Peu à peu, à force de ressasser mes prétendus griefs, je fus pris de somnolence. Non pas l'un de ces calmes sommeils sans rêves qui réparent les forces épuisées mais une sorte d'engourdissement morose où survivait l'impression confuse qu'en me tenant loin du Bon Maître, je lui causais un préjudice. Il me restait bien comme un vague remords de cette trahison mais *je ne voulais pas* l'écouter.

Soudain, tandis que je m'embourbais toujours davantage, il me sembla entendre une voix très basse, très lasse, très triste, qui me disait à l'oreille : « — *Tu n'as pas pu veiller une heure avec moi.* »

Seigneur Jésus, c'était le reproche que vous avez adressé à saint Pierre parce qu'il dormait durant votre agonie au Jardin des Olives !

Dressé en sursaut, les mains tendues, d'instinct, vers le tabernacle, je fondis en larmes, je repris possession de mon âme. Tremblant, je m'écriai : — Je ne dors plus, bon Maître, je ne dors plus !...

Alors il me parut qu'une vaste lumière me balayait l'âme et en chassait les ténèbres. En même temps, la tentation, chauve-souris obscène que le diable y avait nichée, s'en échappait, fuyait avec un sinistre froissement d'ailes. Tout de suite après, je me rappelai, en un raccourci foudroyant, toutes les tortures endurées par Jésus lorsqu'il demandait à son père que *s'il était possible, ce calice passât loin de lui.* Je compris que le sommeil des apôtres se renouvelait, de siècle en siècle, chez trop de chrétiens qui rendent ainsi plus amère la solitude du Sauveur. D'un cœur déchiré de compassion, je fis le serment à Jésus de ne plus être de ceux-là. Je demeurai longtemps en oraison de repentir et d'amour. Quand je sortis de l'église, je me sentis à la fois plein de souffrance et plein de bonheur — parce que je veillais avec Jésus. Et depuis, et surtout aux tournants douloureux de l'existence, j'ai pu constater la profonde vérité des paroles de Saint Paul : « *A mesure que les souffrances de Jésus abondent en nous, ainsi notre consolation abonde avec elles.* »

*
* *

Seigneur Jésus, les hommes s'agitent pour conquérir des chimères alors que vous êtes la seule Réalité. Votre vie et votre mort attestent deux lois : loi de souffrance, loi de substitution, et ces lois gouvernent l'univers. Par la première, vous nous apprenez à nous hausser au-dessus de nous-mêmes pour l'amour de vous et à mériter ainsi le Royaume de Dieu. Par la seconde, vous nous apprenez que, pour rester dignes de vous suivre dans la voie douloureuse, nous devons vous aider à porter votre croix et à remplacer ainsi ceux dont la nonchalance la trouve trop pesante — ceux aussi qui refusent de vous connaître. La masse de nos péchés écrasait votre épaule ; notre bonne volonté, docile à votre Grâce, allège cet affreux fardeau. Et vous nous avez promis la suprême récompense lorsque vous nous avez dit sur la montagne : *Bienheureux les miséricordieux car ils obtiendront miséricorde ; bienheureux ceux qui ont faim et soif de justice car ils seront rassasiés.*

Seigneur Jésus, voyez : l'humanité de l'époque si sombre où nous sommes voués à l'exil dans l'attente de la Lumière éternelle ne veut plus vous connaître. Egarée par les brumes d'un matérialisme opaque, rongée de haines homicides, calcinée par la convoitise de l'or diabolique, impatiente de se détruire elle-même ou bien mollement indifférente à votre Passion, elle roule au cataclysme qui bientôt peut-être précipitera les âmes souillées et les âmes pures au pied du trône d'où vous les jugerez selon leurs œuvres.

Comme vous l'avez annoncé, cet avenir, ce proche avenir vient à pas furtifs, apportant les fléaux inéluctables...

Seigneur Jésus, voici que le crépuscule ensanglante l'horizon ; peut-être que les jours de la terre vont à leur déclin. Parlez-moi ; faites que je sente toujours descendre en mon cœur les rayons de votre Cœur ; faites que ce livre écrit dans la souffrance et dans la pauvreté réchauffe au foyer de votre amour quelques âmes refroidies et rallume en elles le désir de veiller avec vous au Jardin des Olives —jusqu'à la fin du monde.

DANS LA FORÊT DE L'ORAISON

> *Ducam eum in solitudinem et loquar ad cor ejus.*
>
> OSÉE.

DANS LA FORÊT DE L'ORAISON

Des personnes m'ont parfois demandé pourquoi je n'écrivais pas de romans. Je puis leur
répondre ceci : ce n'est pas que je dédaigne
cette forme d'art qui, pour ne mentionner que
des écrivains appartenant à la littérature
catholique, nous a donné Huysmans, Benson,
Bazin, d'autres encore. *Mais on n'écrit pas les
livres qu'on veut.* En ce qui me concerne, du
jour où j'entrai dans l'Eglise je n'eus plus
qu'une pensée : la servir selon mes moyens et
de la façon dont il plairait à Dieu de faire vibrer
pour sa louange les cordes du pauvre violoncelle que je suis. Or, sauf une fois avec *le
Règne de la Bête*, les sujets que sa Grâce m'invitait à traiter ne comportaient pas l'affabulation du roman. Davantage encore : ils m'étaient,
pour ainsi dire, imposés. Ainsi, fort peu de
jours avant de commencer la *Vie de Sainte
Marguerite-Marie*, je ne me doutais nullement
que ce travail ardu me serait désigné. J'estime
superflu de raconter dans quelles circonstances je fus amené à l'entreprendre. Je me
bornerai à spécifier que, pour ce livre comme
pour d'autres avant et après, j'ai obéi, avec

simplicité, à une suggestion d'ordre intérieur dont je ne pouvais méconnaître l'origine.

Ce qu'il n'est permis d'ajouter c'est que mon goût de la solitude s'adaptait à merveille à l'élaboration des volumes où je me suis efforcé de mettre en évidence, pour quelques-uns, le sens surnaturel de notre vie transitoire en ce bas monde.

La solitude, je l'ai toujours aimée. Même dans ma jeunesse, alors que je me bouchais les oreilles pour ne pas entendre l'appel de Dieu, je la préférais aux villes toutes retentissantes du vain bavardage des hommes. Il y avait donc bien des années que je me tenais à l'écart de leurs colloques lorsqu'il plut à la miséricorde divine de me convertir. Et je ne crois pas téméraire de penser que cette inclination me prédestinait à la tâche que je remplis depuis vingt ans : montrer Dieu à ceux de mes contemporains qui le négligent ou qui mettent leur amour-propre à l'ignorer. Car ce n'est que dans la solitude et le silence qu'on apprend à Le connaître — et, par conséquent, à L'aimer.

Comme le savent les lecteurs de *Du diable à Dieu*, c'est dans la forêt de Fontainebleau que je reçus les premières touches de la Grâce illuminante. Là, plus que partout ailleurs, et longtemps ayant ma conversion, j'avais éprouvé les bienfaits de l'existence en pleine nature et j'avais eu à me féliciter de ne m'être pas reclus dans l'idolâtrie de l'art exclusif, de n'être pas devenu, comme tant de mes confrères, un de ces scribes monotones qui semblent avoir un fouillis de papier imprimé ou griffonné à la place de la cervelle et un pot rempli, jusqu'au bord, d'une encre épaisse à la place du cœur. Là, quand sonna pour moi l'heure de Dieu, je réalisai ce que signifiait la phrase de Saint Bernard : *Aliquid amplius invenies in silvis quam in libris.* Oui, là, parmi les peuplades harmonieuses des grands arbres, je sentis mon âme se développer au souffle du Paraclet et je connus que cet épanouissement radieux réduisait à rien la fausse sagesse que j'avais si longtemps recherchée dans des livres où la Vérité unique n'avait point de part.

Du diable à Dieu, c'est le procès-verbal, exact dans ses moindres détails, de mes états d'âme à l'époque de ma transformation miraculeuse et non, comme certains se le sont figuré, un récit « arrangé », truqué selon les formules du métier littéraire. Les esprits vraiment religieux qui voulurent bien me lire ne s'y trompèrent pas. Je n'ai pas à insister sur ce point [et si j'y reviens ici, c'est parce qu'on m'a demandé de préciser la manière dont · l'oraison germait, grandissait, fleurissait alors en moi, m'imprégnait de clarté divine. Je ferai cet exposé non par gloriole d'une faveur purement gratuite mais parce qu'il peut être utile à certaines âmes que Dieu oriente vers la contemplation infuse. Du moins, on me l'affirme. J'essayerai donc de satisfaire mes correspondants. Toutefois, qu'ils ne perdent pas de vue que cette analyse sera forcément incomplète : les opérations de la Grâce dans une âme de bonne volonté gardent toujours de *l'indicible.*

** **

Il importe tout d'abord de rappeler qu'en ce temps-là mon ignorance religieuse était à peu près totale. Rien, ni mon genre de vie, ni mes lectures, ni mes habitudes de pensée n'était de nature à la dissiper. Je n'appartiens donc point à cette catégorie d'hommes à qui la foi catholique fut inculquée dans leur enfance, qui s'en écartent par la suite mais qui en gardant du moins une vague mémoire, n'ont à faire qu'un effort relativement minime pour en reprendre la pratique lorsque Dieu les dispose à se convertir. Non seulement je ne savais rien mais encore, par éducation, par entraînement et par un penchant originel à repousser toute discipline de l'âme, je nourr'ssais les plus fortes préventions contre l'Eglise. Par suite je n'étais donc nullement préparé à croire, quand la notion du Divin me fut révélée à l'improviste comme il est rapporté au premier chapitre de *Du diable à Dieu.*

Ceci posé, l'on saisira combien, au cours de mes longues méditations solitaires sous les ombrages de la forêt, j'apportais une sensibilité toute neuve aux joies et aux souffrances que me valait l'infiltration progressive du Saint-Esprit dans ma vie intérieure. Je souligne que son action m'était tour à tour, et quelquefois simultanément, douloureuse et suave ; mais je dois mentionner que, dans l'un et l'autre cas, si intense fût-elle, il n'en résultait nul trouble, nulle anxiété. Au contraire, j'éprouvais un sentiment de confiance dans la Force mystérieuse qui se rendait de la sorte maîtresse de mon être. Il s'ensuivait une paix sans égale où mon âme, naguère si versatile, se reposait amoureusement dans la contemplation des splendeurs de la certitude.

Et c'était bien un état de contemplation passive car, en cette phase de ma conversion, je n'argumentais ni ne discutais. Je m'ouvrais à la Grâce, je l'absorbais comme une terre longtemps durcie par un gel rigoureux s'amollit avec délices pour laisser ses molécules s'imbiber des gouttes tièdes d'une pluie de printemps.

Parfois ma contemplation prenait l'aspect d'une réminiscence : on eût dit que je me souvenais de choses que je n'avais cependant ni connues ni pu connaître durant les années antérieures. Parfois aussi je voyais se lever en moi des images aux contours d'une netteté insolite et qui, baignées d'une blanche lumière, se succédaient devant les yeux de mon âme.

La Grâce se manifestait encore d'autre façon. Je tâcherai de dire comment dans les lignes suivantes. Mais je tiens, avant tout, à répéter qu'elle me conquit *d'abord* par son infusion persistante dans les domaines de la sensibilité et de l'imagination et non par le raisonnement ou par une spéculation quelconque de l'intelligence. Et c'est ainsi que naquit en moi le sentiment habituel de la présence de Dieu.

*
* *

Ce sentiment, je l'éprouvai, au début, selon la formule si vraie du psalmiste : *Timor Domini initium sapientiæ* : la crainte du Seigneur est le commencement de la sagesse. Mais qu'on n'aille pas se méprendre ; ce n'était point de l'effroi que je ressentais. En l'occurrence, rien de semblable à la panique d'un voyageur qui, entendant gronder un orage sur sa tête, cherche, d'un cœur éperdu, l'abri où échapper à la foudre. C'était l'intuition, pleine de respect, que de l'Energie radieuse dont j'étais comme circonscrit émanait toute beauté, toute bonté, toute justice — la perfection absolue. Alors, faisant un retour sur moi-même, je découvrais à quel point mon âme était encore loin de ressembler à ce divin modèle. *Je voyais* mes fautes coutumières, mes penchants mauvais comme des taches sur cette Lumière et je concevais que pour mériter la sollicitude adorable qui m'investissait de la sorte, je devais travailler assidûment à réprimer ceux-ci, à effacer celles-là.

S'il n'y avait eu que moi pour acquérir les vertus nécessaires, j'aurais certainement échoué. Mais chaque fois que j'accomplissais un effort dans ce sens, je me sentais doucement encouragé à la persévérance. Quelqu'un était là qui m'aimait — j'en avais conscience d'une façon très forte — qui guidait mes pas incertains, qui fortifiait en moi la volonté de lui plaire. Ah! je n'étais plus seul ainsi que je l'avais été si longtemps parmi les hommes.

Savourant cette sécurité, j'entrais souvent dans un recueillement profond où je demeurais entièrement absorbé par la contemplation de l'Etre qui daignait me prodiguer ses richesses et m'inculquer le désir croissant de m'en rendre digne. Je perdais la notion de la durée et de l'espace. Je demeurais immobile, tout ravi en Dieu, pendant des minutes ou, peut-être, pendant des heures. En cet état, je ne pouvais articuler la moindre parole mais mon âme entière se fondait en une oraison silencieuse de gratitude et d'amour.

Lorsque je revenais au sentiment des spectacles d'ici-bas, je les trouvais bien incolores. Certes, avant que la Grâce m'eût touché, j'avais connu des moments admirables à dénombrer les charmes multiples de ma chère forêt. Mais que c'était peu de chose en comparaison de la beauté de Dieu telle que je la percevais à présent au dedans de moi. Comme l'éclat de ce Soleil intérieur reléguait dans l'ombre le soleil périssable qui se joue à travers les ramures ondoyantes!..

*
* *

Ensuite je commençai d'apprécier à leur suprême valeur les vertus que la Grâce faisait éclore en moi. Ayant vécu jusqu'alors dans l'esprit de révolte et dans la complaisance au péché, je me trouvais comme transporté dans une terre inconnue, dans une contrée miraculeuse, toute parée de fleurs dont les nuances et les parfums m'attiraient d'autant plus que je les découvrais pour la première fois. A les regarder, à les respirer, l'envie me venait d'en greffer les sauvageons de mon âme conformément aux préceptes de la Loi divine. Je tentai tout de suite cette besogne salutaire. J'y mettais de la maladresse, mais Dieu ne cessait de venir en aide à mon inexpérience.

Ce dont je me souviens également, c'est de la surprise que me causait ma docilité. N'ayant jamais obéi qu'aux impulsions de ma nature violemment indépendante, je demeurais stupéfait à constater que je prenais plaisir à me soumettre et que cette humilité imprévue me valait des joies plus intenses et surtout bien plus pures que celles dont j'avais coutume de repaître mes instincts.

Dans un des plus beaux poèmes de *Sagesse*, Verlaine a parfaitement exprimé cet éveil d'une âme désormais éprise de la vertu, frémissante d'amour de Dieu mais tellement inaccoutumée à la vie chrétienne. Je ne saurais mieux faire que de le citer :

Vous voilà, vous voilà pauvres bonnes pensées :
L'espoir qu'il faut, regret des grâces dépensées,
Douceur de cœur avec sévérité d'esprit,
Et cette vigilance et le calme prescrit
Et toutes ! — Mais encore lentes, bien éveillées,
Bien d'aplomb, mais encore timides, débrouillées
A peine du lourd rêve et de la froide nuit.
C'est à qui de vous va plus gauche, l'une suit

L'autre et toutes ont peur du vaste clair de lune.
Telles, quand les brebis sortent d'un clos : c'est une,
Puis deux, puis trois. Le reste est là, les yeux baissés,
La tête à terre et l'air des plus embarrassés ;
Faisant ce que fait leur chef de file : il s'arrête,
Elles s'arrêtent tour à tour, posant leur tête
Sur son dos, simplement et sans savoir pourquoi...

Votre pasteur, ô mes brebis, ce n'est pas moi,
C'est un meilleur, un bien meilleur, qui sait les causes,
Lui qui vous tint longtemps et si longtemps là closes,
Mais qui vous délivra de sa main au temps vrai.
Suivez-le : sa houlette est bonne. — Et je serai,
Sous sa voix toujours douce à votre ennui qui bêle,
Je serai, moi, par vos chemins, son chien fidèle.

*
* *

C'est alors qu'intervint la volonté. Le poète Lucrèce la définit, avec une superbe vigueur, une puissance arrachée aux destins, *fatis avulsa potestas* Or, le destin que m'eût assigné mon passé, si Dieu n'était intervenu, ç'aurait été de continuer à poursuivre, jusqu'à la fin de mes jours terrestres, les illusions qu'une conception athée de l'existence faisait miroiter devant moi. Mais je ne le pouvais plus. La Vérité unique s'imposait a mon âme si impérieusement qu'il me fallait *vouloir* vivre pour Elle.

Je voulus — mais il y eut, en effet, *arrachement*, car ce divorce avec mes habitudes et mes mœurs anciennes n'alla point sans de vives souffrances. Ce furent ces combats et ces rechutes momentanées dans le mal que j'ai décrits tout le long de *Du diable à Dieu*. Notre nature déchue est si foncièrement encline au péché que, même étreinte par la Grâce, elle tendrait toujours à retourner au Démon si la volonté, vivifiée d'En-Haut, ne lui barrait la route. C'est ce que saint Thomas d'Aquin a lucidement indiqué lorsqu'il posa cet axiome : *l'amour de Dieu est dans la volonté.*

La volonté se fortifie en s'unissant à l'oraison. Et cette alliance engendre ce recours constant à Dieu, — source et principe de toutes les énergies rédemptrices — qu'on appelle la foi et qui est, en somme, de la volonté arrivée, surnaturellement, à sa plus grande concentration.

Dès que j'eus senti la foi garder toutes les avenues de mon âme, je saisis la nécessité des sacrements pour la maintenir solide contre les attaques du Mauvais. J'allai au prêtre en m'écriant : *Cor contritum et humiliatum Deus non despicies !...*

En résumé : pour opérer ma conversion, Dieu me prit d'abord par le sentiment irrésistible de sa présence, puis par la contemplation de sa parfaite beauté. Ensuite il me fit *imaginer* les attraits et les bienfaits de la vertu. Par là, il suscita en moi le besoin irrésistible de me purifier par la pénitence et la réforme de mon âme afin que je méritasse désormais sa miséricorde adorable. Quand je me fus confessé, pour mûrir les fruits de mon rachat, il me reçut à la Sainte Table. L'Eucharistie m'illumina de clartés nouvelles. Mon intelligence fut conquise à son tour. J'étudiai ; j'assurai les fondements de ma certitude. Et ainsi *je sus* que les affirmations des sophistes qui déclarent la foi incompatible avec la raison ne sont que du vent et que croire en Dieu est une chose infiniment raisonnable. .

Assez parlé de moi. Les pages ci-après contiennent le sujet principal de mon livre. Puissent-elles accroître chez quelques-uns le désir de rester fidèles à Notre-Seigneur dans la solitude où l'abandonne une société qui se détourne de Lui toujours davantage. — Par moi-même, je ne vaux rien, je ne puis rien : je ne suis qu'une lanterne fumeuse. Mais peut-être que, sanctifiant ce lumignon, le Soleil incréé daignera l'alimenter d'une parcelle de sa splendeur pour sa gloire — et non pour la mienne.

REFLETS DES ÉVANGILES

> *Il s'agit ici de ce qui vit tou-*
> *jours, de ce qui nous est éter-*
> *nellement contemporain dans*
> *la plus lointaine histoire.*
>
> Louis Bertrand : Sanguis martyrum.

LE BON SAMARITAIN

Un homme descendait de Jérusalem vers Jéricho et il tomba entre les mains des voleurs qui le dépouillèrent, et, après l'avoir couvert de plaies, ils s'en allèrent le laissant à demi-mort. Or il arriva qu'un prêtre descendait par le même chemin et, l'ayant vu, il passa outre. Pareillement, un lévite, étant venu là, le vit et passa outre. Mais un Samaritain, qui était en voyage, vint près de lui, et, le voyant, fut touché de compassion. Il s'approcha, banda ses plaies, y versa de l'huile et du vin. Puis il le plaça sur sa monture, il le transporta dans une hôtellerie où il prit soin de lui. (Saint-Luc, X).

** * **

L'abbé Dieuze était un prêtre exact qui administrait d'une façon correcte la paroisse de quatre cents âmes où son évêque l'avait placé douze ans auparavant.

Dans ce village, assez à l'écart, la pratique religieuse se maintenait à un niveau moyen. Le dimanche, il y avait du monde à la

messe. Aux grandes fêtes, la population rem-
plissait l'église. En semaine, cinq ou six
femmes âgées — vierges quinquagénaires ou
veuves — y venaient à peu près régulièrement.
Tous les enfants suivaient le catéchisme et faisaient leur première communion. Et c'est tout
au plus si une poignée d'hommes, à l'esprit
gâté de politique, se déclaraient libres-pen-
seurs sans trop savoir pourquoi et manquaient
au devoir pascal. Encore ne se montraient-ils
guère agressifs. — Sauf en temps d'élection
où, afin d'obtenir quelque avantage personnel,
ils répétaient à la sourdine, les diatribes des
feuilles radicales et les harangues saugrenues
du candidat désigné par les Loges et appuyé
par le préfet. Mais ce n'était qu'un feu de
paille. D'habitude, ils ne tracassaient pas le
curé, échangeaient avec lui des coups de chapeau ou, s'ils le rencontraient en promenade,
lui parlaient volontiers de l'état des cultures
et des variations de l'atmosphère. La plus
grande marque de leur opposition consistait
à lui faire refuser le vote d'un crédit municipal
pour la réparation du presbytère, bâtisse du
XVII° siècle qui commençait à tomber en
ruine.

D'ailleurs, l'abbé Dieuze ne manifestait aucune velléité de les réfuter ou de les convertir.
Ami de son repos, satisfait de ne se point con-

naître d'adversaires virulents, il accomplissait, selon une routine honnête, les fonctions extérieures de son ministère, visitait les malades lorsqu'il en était requis, soignait son potager à ses heures de loisir, ne lisait rien hormis le journal bien pensant de la région et s'appliquait à ne contredire personne.

Il avait une qualité : à moins d'urgence il ne s'absentait que pour une retraite, tous les deux ans, au grand séminaire du diocèse. Il estimait que se tenir en permanence, à la disposition de ses paroissiens constituait l'essentiel de sa mission. Comme on ne le dérangeait presque jamais pour lui soumettre un cas de conscience ou lui demander des prières, il en concluait que tout allait au mieux dans le village. Paisible, il s'endormait, chaque soir, en remerciant le Seigneur de n'être pas un serviteur inutile.

Un matin de juillet, il reçut une lettre où le notaire d'une bourgade située dans un autre département l'informait qu'une cousine éloignée, avec laquelle il n'avait que fort peu de relations, venait de mourir lui léguant une somme de quinze mille francs.

L'abbé Dieuze n'avait pas de fortune. Né de parents besogneux, boursier durant ses études, il était entré dans le sacerdoce sans autre revenu que sa part de denier du culte et le produit d'un casuel assez maigre. En effet, sa paroisse, toute paysanne, trouvait fort bon que le curé ne fût pas mis à même de thésauriser. Il ne s'en plaignait point, car il n'était pas obsédé du désir d'accumuler de l'argent. Résigné à la gêne, il ne couchait pas en joue les économies des dévotes. Le village ne comptant nul indigent, il n'avait l'occasion de distribuer des secours qu'aux rares vagabonds qui agitaient de loin en loin sa sonnette. Après avoir un peu hésité, il leur faisait remettre par sa servante un sou — quelquefois un reste de légumes ou un morceau de pain rassis. C'était sans enthousiasme qu'il pratiquait ainsi l'aumône mais enfin — il la pratiquait.

L'héritage suscita en lui un nouvel état d'âme.

*
* *

Quand l'abbé Dieuze sortit de l'étude du notaire qui venait de lui compter les quinze mille francs, il leva les yeux vers les panonceaux dorés qui surmontaient la porte de la rue et il poussa un grand soupir de satisfaction. Il lui sembla qu'il était un autre homme — doré lui aussi à l'intérieur. Il se sentait comme dilaté ; son cœur battait plus largement ; ses regards, tandis qu'il gagnait la station du chemin de fer, se promenaient sur les gens et les choses avec une assurance qu'il ne s'était jamais connue. Il se disait : — Tout de même c'est agréable d'avoir un peu d'argent à soi, au-delà du strict nécessaire !..

Et, de minute en minute, il tâtait la poche intérieure de sa soutane, pour vérifier si le portefeuille contenant les précieux billets ne s'était pas évaporé.

Dès qu'il se fut installé, bien à l'avance, dans le train qui le ramènerait à sa paroisse, afin de tuer le temps, jusqu'au sifflet du départ, il entreprit de lire son bréviaire car, tout distrait par l'impatience de l'argent à toucher, il n'y avait pas pensé depuis la veille. Il se reprocha cet oubli comme un manque de gratitude envers Dieu pour l'aubaine dont il était favorisé. Mais il ne réussit pas à fixer son attention sur le texte sacré. En vain, il le chuchotait d'une lèvre machinale, ce restait pour lui un exercice dénué de sens. Il se revoyait palpant, un à un, les papiers de la Banque, traçant, avec une hâte fébrile, la signature du reçu. Il entendait encore le grattement de la plume, puis la voix grasse du tabellion qui, après l'avoir félicité, lui suggérait, par une transition adroite, un placement hypothécaire de tout repos. Or il ne s'était pas laissé convaincre : — Non, pas tout de suite... Il verrait... Il réfléchirait...

En fait, il était bien décidé à garder l'argent
par devers lui au moins pendant plusieurs
jours. Et il savourait déjà le plaisir de compter,
manier, soir et matin, les billets et de les
glisser ensuite dans quelque cachette choisie
avec soin. Mais laquelle ? Comme de juste,
il ne possédait pas de coffre-fort ; et l'armoire
où il avait coutume de ranger son chétif pécule
fermait assez mal. Cette préoccupation lui fut
la première ombre sur l'allégresse qui lui
ensoleillait l'âme.

Cependant le train s'était mis en marche. Et,
son bréviaire tombé sur les genoux, l'abbé
Dieuze furetant, par la pensée, dans tous les
coins de son presbytère, n'en découvrait
aucun où son legs se trouvât en sûreté. Il
commençait à s'en dépiter sérieusement
lorsque — tout près d'un passage à niveau que
le train franchissait d'une allure ralentie, —
s'encadra dans la fenêtre du wagon la façade
d'une chapelle récemment construite et dépendant, selon toute apparence, d'un monastère.
Au dessus du portail, le prêtre eut le temps de
lire l'inscription suivante qui se détachait en
lettres rouges sur la pierre blanche : *Amassez-
vous dans le ciel des richesses qui ne péris-
sent pas.*

Impulsivement, il eut un geste de mauvaise
humeur Cette sentence, d'un ascétisme sans

fard, lui produisit l'effet d'un coup d'air froid parmi la tiède félicité où il baignait son âme.

Puis un scrupule lui vint : — Je ne dois pas traiter avec légèreté cette parole du Sermon sur la Montagne...

Mais aussitôt, une voix insidieuse murmura en lui : — Sans doute, sans doute, c'est très beau... Néanmoins, l'argent qu'on touche ici bas a bien aussi son mérite !

Cet argument lui parut la raison même. Il se le répétait avec complaisance — et il se sentait tout proche de tenir pour dénué de sens commun quiconque en aurait méconnu la valeur. — Dès lors, l'amour croissant de sa petite fortune lui forma dans le cœur comme une concrétion pierreuse.

De retour au village, il inquiéta sa servante par son agitation. Du reste, depuis qu'il avait reçu la lettre du notaire, il était tout changé à son égard. D'habitude, il commentait, pour elle, avec bonhomie, les menus incidents de l'existence et même faisait cas de ses avis dans les circonstances importantes. Maintenant un sentiment de défiance insolite l'obligeait de garder le secret sur l'héritage comme il s'était tu sur le motif de son déplacement. La vieille Eulalie ne méritait pourtant pas qu'il la soupçonnât d'indiscrétion ou de convoitise coupable. C'était une âme très pure et très simple qui, persuadée que le fait de servir un prêtre lui assurait le paradis à la fin de ses jours terrestres, n'eût pour rien au monde changé de condition. Sans récriminer, elle s'accommodait de la pénurie des ressources pour la cuisine et le confortable. La seule chose qui l'attristât, c'était de ne pouvoir assister les miséreux autant qu'elle l'aurait souhaité. Ayant souffert de la faim, avant que le curé la recueillît, elle gardait un souvenir si poignant de sa détresse ancienne qu'il lui arrivait de partager son écuelle de panade ou sa portion de ragoût avec les trimardeurs qui, comme on l'a dit, frappaient parfois à la porte du presbytère. Entre ceux-ci, il y en avait de fort mal famés, d'autres d'une saleté répugnante. Mais elle ne les jugeait pas : c'était des pauvres et cela suffisait à émouvoir sa charité. Et non seulement elle les secourait dans la mesure de ses moyens, mais elle égrenait de multiples chapelets pour les placer sous la protection de la Vierge : — Bonne Mère, disait-elle, ils ont des poux plein les cheveux et j'ai peur qu'ils n'en aient aussidans l'âme. Délivrez-les des uns et des autres...

L'abbé Dieuze aurait été bien inspiré de consulter cette humble amie de Jésus sur l'emploi de l'argent dont il venait d'être gratifié d'une façon tellement imprévue. Mais cet homme en

péril ne pouvait plus y songer. Une tentation
des plus sordides ne cessant de l'assiéger, *son
cœur était où était son trésor*. Un être sombre,
bas et tenace s'était installé en lui pour lui présenter sans trêve des pensées d'avarice et
d'égoïsme.

N'ayant point découvert de cachette qui lui
parût assez sûre, il gardait tout le jour les
billets dans sa poche. Le soir, il glissait le
portefeuille sous son oreiller et, la nuit, il se
réveillait souvent en sursaut avec la crainte
qu'une main subtile ne le lui eût dérobé. Partout il en était possédé : à sa messe, qu'il expé-
diait avec distraction, à table où il ne mangeait
plus guère, à la promenade où il errait les yeux
vagues, le front plissé, sans voir le paysage.
Sa quiétude un peu somnolente de naguère
avait fui. Il était très malheureux — d'autant
que plus il souffrait de cet argent néfaste qui lui
empoisonnait l'âme d'une idée fixe, plus il s'y
attachait.

Eulalie, consternée, risqua de timides questions. Mais il la rabroua d'une intonation si
rude qu'elle n'osa l'interroger davantage.
Comme elle était loin de soupçonner la cause
de ce trouble, elle crut que son maître couvait
une maladie et pria éperdûment pour que Notre-
Seigneur lui rendît la santé.

Un mois passa de la sorte. Puis l'abbé Dieuze

finit par se dire qu'il était absurde de laisser les quinze mille francs improductifs. Mais comment les faire fructifier ? Il consulta des journaux de finance. Toutes les opérations qu'ils préconisaient lui semblèrent douteuses ou d'un revenu trop mince.

Un moment, la pensée lui traversa l'esprit d'une restauration, au moins partielle, de son église presque aussi délabrée que le presbytère. Ou bien pourquoi ne pas remplacer ses chasubles et ses aubes qui ne tenaient plus qu'à force de raccommodages ?

Ce ne furent que des velléités sans consistance.

— Ah ! non, s'écria-t-il, plein d'une singulière aversion pour cette dépense peu profitable, il vaudrait mieux me donner quelque bien-être... Il y a si longtemps que je me prive !..

Alors, faire bâtir ? Quitter la masure où le confinait la lésinerie de la commune, avoir une maison à soi ? Aussitôt il se représenta la cherté des matériaux, les exigences de la main d'œuvre. Les prix avaient si fort augmenté depuis la guerre. Il craignit, les quinze mille francs ne couvrant pas les frais, de s'endetter.

Acheter une maison toute construite ? Il passa en revue celles qu'il savait à vendre dans le village. Aucune ne lui parut convenable.

Il flottait parmi cent projets disparates lorsque, soudain, sans qu'il réalisât *d'où* lui venait cette image, se dessina nettement en lui le profil d'un terrible pince-mailles, l'huissier Crochard qui, sous le masque de sa profession, pratiquait l'usure avec autant d'astuce que de froide cruauté. Tapie dans la ruelle la plus sombre d'un faubourg du chef-lieu de canton, cette araignée recherchait les occasions d'étendre sa toile sur les campagnes à la ronde. Force mouches s'y prenaient dont elle suçait le sang à mort. Des gens bien informés rapportaient que Crochard acceptait des commanditaires auxquels il gardait, d'une façon inviolable, le secret sur leur participation à ses trafics. Et il leur servait, disait-on, de leurs fonds des intérêts tels que nulle banque n'en offrit jamais d'aussi plantureux à ses clients.

Une impulsion dont il ne percevait pas la virulence projeta, tout d'abord, le curé vers ce placement si lucratif. Mais aussitôt sa conscience se réveilla de la torpeur où elle s'enlisait depuis le jour de l'héritage pour lui crier les infamies dont il se rendrait le complice s'il traitait avec Crochard. Il crut entendre les victimes de l'usurier en appeler à la justice de Dieu.

A ce tournant décisif, s'il eût prié, son âme s'échappait de la fondrière qui la tenait captive. Or, telle était la séduction du mirage opulent dont il était circonvenu, qu'il n'eut point recours à l'aide d'En Haut. Et la grâce libératrice s'éclipsa.

Dès lors, des ténèbres l'envahirent où il voyait briller, comme un phare aux clartés fauves, un monceau d'écus qui allait toujours s'augmentant. Il se peignit la volupté d'y plonger les mains, d'en goûter longuement la possession sans en rien distraire pour qui que ce soit. Toutefois un petit reste de scrupule subsistait tout au fond de son cœur. Afin de l'étouffer, il se dit qu'il ne s'associerait pas aux crimes de l'usurier et qu'il se bornerait à le consulter sur *un autre* placement. Mais il sentait bien la fragilité de ce subterfuge et que ce n'était qu'un prétexte qu'il se donnait pour se voiler la gravité de sa faute. Puis même cette vague échappatoire s'effaça de son esprit. Il vit de nouveau le tas d'or rutiler devant lui. Et son âme ne fut plus que convoitise déréglée, soumission à l'iniquité. Il avait hâte de conclure le pacte qui le ferait riche — très riche — encore plus riche.

Déjà il avait pris sa canne et son chapeau pour courir à la ville, quand une idée brusque l'arrêta.

Attention, pensa-t-il, je ne connais pas ce Crochard. Est-il prudent de lui confier mon capital sans avoir étudié les garanties que je suis en droit d'exiger ?.. On le dit très captieux... Peut-être que si je lui remettais tout de suite la somme, j'aurais bientôt lieu de m'en repentir. Prendre le temps de la réflexion serait sage... Mais alors il ne faut pas emporter les billets... Et qu'en faire tandis que j'irai m'aboucher avec cet homme ? Les laisser ici serait absurde puisque rien ne ferme...

Perplexe, il médita un bon quart d'heure, ne sachant à quoi se résoudre. D'aventure, son regard, à travers la fenêtre, se posa sur la porte de l'église entr'ouverte, juste en face du presbytère.

Tout allègre, il s'exclama : — J'ai trouvé !... Je vais placer mon argent sous la garde de Notre-Seigneur !

L'acte suivit immédiatement.

Il traverse la place à larges enjambées, s'engouffre dans l'église et gagne l'autel. Puis, esquissant à peine une génuflexion, il ouvre le tabernacle, pose le précieux portefeuille à côté du ciboire où veille la Présence Réelle, referme, glisse la clef dans son gousset, et, sans avoir articulé une syllabe d'oraison, s'élance sur la route qui mène à l'antre de Crochard. Trois minutes plus tard il était hors de vue.

..

Dans le même temps, un séminariste, du nom de Bercy, appartenant à une famille de cultivateurs aisés, et qui venait de recevoir le diaconat, prenait ses vacances au village.

Fort intelligent, doué, à un degré rare, pour les langues mortes et vivantes, ayant le goût de la dialectique, de la philosophie et de l'exégèse, il faisait preuve d'un esprit si délié que ses maîtres le tenaient pour un sujet de grand avenir et qui, plus tard, marquerait dans l'Eglise. Peut-être le lui disaient-ils un peu trop. Mais le supérieur du séminaire, homme d'expérience et fort avancé dans l'oraison, l'avait observé de près et il formulait des réserves.

Certes, il ne contestait pas la valeur intellectuelle de l'abbé Bercy ; il lui reconnaissait du brillant et une extraordinaire facilité d'assimilation. Seulement, il avait remarqué que, chez lui, le cœur étai loin de valoir le cerveau. En outre, ce jeune homme, s'infatuant de son mérite, tenait à interpréter les dogmes d'une façon téméraire et à méconnaître la tradition. Enfin, il laissait parfois deviner qu'il se considérait comme très au-dessus de ceux de ses camarades qui, moins aptes que lui aux abstractions, demandaient à la prière ce qu'il de-

mandait trop exclusivement à l'étude, c'est-à-
dire les vertus qui font le bon prêtre.

Le supérieur craignait que cette âme ne se
desséchât totalement au contact des livres.
C'est pourquoi, avec prudence et avec une
ferme douceur, il s'efforçait de la mettre en
garde contre les excès de la connaissance. Et
il l'avertissait que la recherche outrée de la
certitude mène à l'orgueil lorsqu'elle ne s'accompagne point du sentiment très humble de
notre impuissance à expliquer le mystère de
la perfection divine.

Cette année-là, au départ pour les vacances,
il avait dit à l'abbé Bercy : — Mon enfant,
je vous donne à méditer cette parole de saint
Paul : « *La science enfle mais la charité cons-
truit. Si quelqu'un présume de sa science, il
n'a encore rien connu comme on doit le
connaître. Mais si quelqu'un aime Dieu,
celui-là est connu de Dieu* ».

Et pour tout commentaire, il avait ajouté,
d'après saint Augustin : « *Ama scientiam sed
antepone caritatem* » (1).

L'abbé Bercy s'était incliné respectueuse-
ment mais sans émettre la moindre phrase qui
pût donner à son supérieur l'espoir qu'il ac-

____

(1) Aimez la science mais faites marcher devant l'a-
mour de Dieu.

cueillait avec gratitude cette monition si mésurée.

C'est qu'à part soi-même, il avait ressenti une piqûre d'amour-propre. Qu'on semblât rabaisser ses capacités en leur opposant un texte dont la signification profonde lui échappait, cela blessait sa superbe.

— M. le Supérieur, pensait-il, est un Saint mais, vraiment, il ne fait pas assez de cas du savoir. Voudrait-il donc que j'emploie mes vacances à réciter des chapelets ?...

Il n'en récita point. Et plutôt que de se recueillir dans la prière, il se complut à lire ardemment une foule de publications d'une doctrine suspecte et dont les auteurs, sous prétexte d'adapter les enseignements de l'Eglise aux « exigences du progrès », équivoquaient sur les dogmes avec l'arrière-pensée de substituer leur sens propre aux préceptes de la Sagesse révélée.

Le diacre se passionna pour ces audaces. Il crut découvrir des vérités nouvelles là où il n'y avait que des erreurs dûment réfutées dès les premiers siècles du christianisme. Il éprouva une sorte d'ivresse intellectuelle à se persuader qu'il rendrait service à l'Eglise en réduisant la part du surnaturel dans la formation des âmes. Sa confiance dans la rectitude de son jugement s'en accrut au point qu'il aboutit assez vite à cette imagination pernicieuse que la nature humaine possède, par elle-même, la notion du divin et non par un effet de la Grâce. Ce faisant, il s'incarcérait dans cette geôle d'orgueil : le modernisme. Que cette hérésie eût été condamnée par le pape Pie X, cela ne l'arrêtait pas. Sans trop se l'avouer encore, il mettait en doute l'infaillibilité pontificale, et si on l'avait sommé de s'expliquer sur ce point, il est probable qu'il se fût soumis de bouche, mais, intérieurement, comme la majorité des modernistes, il aurait persisté dans son aberration et usé plus tard de subterfuges déloyaux pour propager le *Non serviam* sous une apparence d'orthodoxie.

Il n'en était pas encore à ce point d'*insurrection* sournoise. Mais déjà il élevait autour de son âme des murailles de rationalisme si épaisses que l'écho de la voix de Notre-Seigneur ne lui parvenait presque plus.

En conséquence, il avait réduit la pratique au strict minimum. Cœur aride, intelligence embrasée d'un feu sinistre, il entassait sophisme sur sophisme pour s'affermir dans son illusion ou bien il dépensait des heures à noircir du papier pour fixer les arguments tortueux que lui insinuait l'esprit de révolte.

Lorsqu'il se sentait la tête lasse, il parcourait le pays à bicyclette, afin de donner un

peu d'exercice à ses muscles. Et c'est ainsi que
l'après-midi où l'abbé Dieuze se rendit chez
l'usurier, il roulait à grande vitesse sur le
chemin de la ville.

*
* *

A deux kilomètres environ de la paroisse et
à cinq du chef-lieu, la route s'incline brusquement pour suivre une pente escarpée et
atteindre la plaine, toute en blés et en bette-
raves, qui s'étend jusqu'à l'horizon occidental.
Raboteuse, parmi des rocs à fleur de sol, elle
s'encaisse entre des talus ravinés par les pluies
d'hiver et feutrés d'une herbe malingre dont
les plaques jaunâtres alternent avec des ron-
ciers bourrus.

A mi-côte, à gauche en descendant, le talus
s'interrompt, l'espace d'une vingtaine de pas.
Il y a en cet endroit, une sorte de plate-forme,
couleur d'ocre. Un petit taillis de frênes et
d'acacias chétifs, que la poussière soulevée
par les automobiles habille de gris, la limite
en demi-cercle vers le sud. Au centre, on
a bâti une maisonnette en torchis, couverte
avec des fragments de vieilles tuiles moussues
et dont la pièce unique s'ouvre, du côté de la
route, par une porte en sapin vermoulu dont
la peinture s'écaille. Une seule fenêtre, étroite
et basse, garnie de carreaux fendillés par où

la lumière du dehors ne semble pénétrer qu'à
regret.

Dans cette cahute logeait le cantonnier chargé
d'entretenir la route, un certain Lefalot mais
dont les gens du pays ne connaissaient que
le prénom : Jacques. C'était un homme de
petite taille, maigre, voûté, lent d'allure. Par
surcroît, il boitait un peu. Vêtu d'une bure
râpée et de nuance indécise, coiffé d'un débris
de casquette, il offrait un aspect si minable que
jusqu'aux plus pauvres le toisaient avec mépris.
Les gamins le huaient et lui jetaient du crottin
et des épluchures lorsqu'il traversait le village
pour quelque achat modique chez la fruitière
ou le boulanger. Il ne s'en courrouçait pas :
on eût dit que ni les invectives, ni les pro-
jectiles, ni les regards dédaigneux ne parve-
naient à l'émouvoir. Il s'en allait, très tranquille, la tête baissée, les mains ballantes,
comme absorbé en lui-même.

Pourtant, si quelqu'un avait pris la peine de
détailler sa physionomie, il aurait été frappé
de la grande douceur qu'exprimaient ses
yeux d'un bleu-pâle et du sourire de bonté un
peu triste qui se jouait sur ses lèvres exsan-
gues. — Mais personne n'y faisait attention.
Au surplus, comme il ne parlait guère, comme,
interpellé, il n'émettait en réponse que des
phrases brèves et timides, l'opinion publique le

tenait pour un imbécile — d'ailleurs inoffensif.

Il pouvait avoir trente ans mais les rides précoces qui sillonnaient son front et ses joues hâlées le faisaient paraître plus âgé.

****

Jacques était le fils de vanniers ambulants et fort miséreux que cahotait à travers la France une petite roulotte branlante, attelée d'une mule poussive. Son enfance fut sombre car son père, aigri par les privations, et de caractère morose, le rudoyait, le considérant comme une bouche inutile. Pour sa mère, elle lui donnait, d'une façon toute instinctive, quelques soins. Mais elle était si déprimée par les soucis perpétuels d'une vie précaire qu'elle demeurait, le plus souvent, recluse dans un mutisme hébété. Lorsqu'elle en sortait, c'était pour se plaindre du destin. Son mari, alors, lui criait des injures puis lui enjoignait de se taire. Elle pliait le dos et ne manifestait plus sa peine que par de longs soupirs sanglotés. Jacques la regardait, le cœur serré, les yeux gros de larmes. Il aurait voulu l'embrasser, trouver des mots pour la consoler. Mais n'ayant pour ainsi dire jamais été caressé, n'ayant jamais entendu que des phrases plaintives ou des récriminations pleines d'amertume, il ne savait comment s'y prendre.

Père et mère moururent le même jour, d'une grippe infectieuse, lorsque l'enfant comptait à peine dix ans. Il fut recueilli par d'autres nomades, vaguement ses cousins, qui tressaient çà et là quelques corbeilles ou des chaises de jonc afin de justifier d'une occupation vis-à-vis des gendarmes et des gardes-champêtres, mais qui subsistaient surtout de chapardages et de mendicité. Ils abattirent la mule et se régalèrent de sa viande aussi coriace que filandeuse et firent du feu avec la roulotte qui, du reste, ne tenait plus ensemble. L'enfant eut, pour sa part d'héritage, sept sous et quelques guenilles.

Jacques était d'une grande sensibilité mais précocement habitué à se replier sur soi, il n'en laissait rien voir. Les vagabonds parmi lesquels il grandissait ne pouvaient comprendre son caractère. Grossiers, brutaux, hargneux à l'égard les uns des autres, ils ressemblaient à des fauves toujours enclins à mordre. Satisfaire leurs appétits en toute occurrence, ne craindre que la prison dévolue aux maladroits, tels étaient pour eux la règle et le précepte. Jacques risquait fort de se pervertir à leur contact. Or, par une prédestination évidente, il se trouva que malgré les exemples qu'on lui offrait et les incitations à mal faire, il ne voulut jamais ni voler ni se

conformer aux mœurs crapuleuses des pauvres
êtres dégradés qui pourrissaient autour de lui.
Cette conduite lui valut force raclées, des apos-
trophes boueuses et une persécution constante. Il demeura pourtant irréductible. Quoi
qu'il souffrît beaucoup de cette malveillance
opiniàtre, il ne fit rien pour en atténuer les
effets. Réfractaire à la maraude, il tàchait de
se rendre utile en tressant le plus de paniers
possible. Il les vendait parfois aux ménagères
des fermes et des hameaux. Les très petites
sommes qu'il tirait de son industrie, il les remettait, sans en distraire un centime, au
vieux chenapan qui exerçait un simulacre
d'autorité sur la déplorable tribu. Ce pourquoi, les enfants des nomades l'appelaient
« tourte » et « gourdiflot ».

Plusieurs années passèrent de la sorte.
Jacques atteignait sa dix-neuvième année
lorsque se produisit l'accident qui donna un
cours différent à son existence.

Un soir, un des plus audacieux de la horde
réussit à dérober un litre d'alcool chez un mas-
troquet où il était entré sous prétexte de qué-
mander un verre de piquette. De retour au
campement, il se garda bien de révéler l'aubaine aux camarades et il alla se tapir derrière
un buisson, à l'écart, pour se vider la bouteille,
en trois lampées, dans le gosier. Comme en-

suite, afin de se rendre compte si nul ne l'avait aperçu, il explorait, d'un œil furtif, la pénombre, il découvrit Jacques étendu dans l'herbe à quelques pas.

— Tu m'as vu boire ! gronda-t-il,

Jacques hocha la tête en silence.

L'ivrogne grinça des dents car déjà le poison faisait de lui une bête féroce. Il craignait une dénonciation et il savait ce qui en résulterait, la seule loi que la bande se fît gloire d'observer étant celle-ci : tout produit d'un larcin devrait être partagé entre tous sous peine de bastonnade pour le délinquant.

— Eh bien, reprit-il, d'une voix que la fureur étouffait presque, tu ne parleras pas...

Il bondit sur Jacques, lui déchargea sur le crâne un coup de poing si violent que le sang gicla et que l'assailli perdit connaissance. En même temps, d'une atteinte frénétique de son soulier à clous, il lui cassa net le tibia. Puis, faisant un crochet dans les labours, il rejoignit le bivouac comme si de rien n'était. Les autres dormaient et lui-même s'ensevelit bientôt dans le lourd sommeil de l'ivresse. Jacques restait évanoui, face aux étoiles.

Le lendemain, dès l'aube, la bande leva le camp et reprit le « trimard » sans qu'aucun fît une remarque sur son absence. Tout au plus, y en eût-il un ou deux pour penser qu'il dormait encore dans quelque creux et pour supposer qu'il rejoindrait au soleil levé. Comme de juste, l'assassin ne soufflait mot.

Ce fut seulement vers midi que des faucheurs qui revenaient du travail découvrirent Jacques. Quoique, par nature, peu faciles à émouvoir et surtout peu portés à s'apitoyer sur un galvaudeux sans toit ni pécune, la vue du sang, la jambe cassée, la pâleur et la tristesse résignée de ce maigre visage aux traits tirés leur inspirèrent quelque compassion. Ils le transportèrent à la métairie où ils étaient employés. Là, on lui bâcla un pansement hâtif puis on prévint le maire. Celui-ci, jugeant que le blessé, victime peu intéressante d'une rixe entre vagabonds, n'avait pas assez d'importance pour qu'on ouvrît une enquête, le fit évacuer sur l'hôpital de la ville la plus proche.

*
* *

Long fut le séjour de Jacques dans la salle de chirurgie où on le plaça. La blessure de la tête guérit assez vite, mais la fracture était d'importance et lorsque les os se furent ressoudés, sa jambe droite resta un peu plus courte que l'autre — infirmité qui, par la suite, le dispensa du service militaire.

Puis, à peine commençait-il à se lever qu'une

typhoïde d'une malignité insolite l'abattit de nouveau. On crut bien qu'elle l'emporterait. Néanmoins après des rechutes, on put replacer dans le placard le linceul qu'on lui avait préparé. Mais la convalescence dura. Une anémie persistante le maintenait si faible que, durant plusieurs semaines, il demeura tout chancelant : c'était une fatigue pour lui que de se traîner jusqu'au jardin où il s'asseyait sur un banc qu'ombrageait un massif de lilas.

D'ailleurs, on ne se pressa pas de le renvoyer. D'abord, à cette époque, il n'y avait pas affluence de malades. Ensuite, le personnel l'avait pris en gré. La surveillante comme les infirmiers louaient sa patience et sa discrétion. Il ne se plaignait pas ; la sincérité de sa gratitude, dès qu'on lui marquait de l'intérêt, touchait les plus sceptiques ; il s'efforçait de rendre de petits services à ses compagnons d'infortune et aux employés. Quand on l'interrogeait sur l'agression qu'il avait subie, il se bornait à dire : — C'est un malheur... Si l'on insistait, sa figure exprimait de l'embarras et même une sorte de souffrance. Visiblement il ne voulait ni récriminer ni dénoncer le coupable. Certains s'imaginèrent que c'était par esprit de solidarité envers les trimardeurs. Mais de plus perspicaces devinèrent qu'il pardonnait ; et cette mansuétude, d'une qualité si rare, augmenta l'affection qu'ils lui portaient, car ils sentirent qu'il eût agi pareillement avec quiconque.

Sitôt que Jacques redevint capable de quelque travail, il sollicita et obtint de quoi fabriquer des nattes et des paillassons dont il fournit la plupart des salles. Entre temps, utilisant les numéros dépareillés de revues illustrées qui s'accumulaient çà et là sur les consoles, il apprit à lire, ce qu'il désirait depuis son enfance. En cela, il fut aidé par un vieil arthritique, son voisin de lit, qui se plaisait à lui défiler ses réminiscences d'une vie jadis prospère. Jacques l'écoutait sans avoir l'air d'être excédé par ses rabâcheries désuètes. Le vieillard, heureux de cette attention à laquelle on ne l'avait guère accoutumé, mit du zèle à le faire épeler et, les premières difficultés vaincues, à lui expliquer, d'une façon plus ou moins exacte, la significatation des proses qui leur passaient sous les yeux.

Cependant Jacques reprenait des forces, et, non sans quelque anxiété, se demandait ce qu'il allait entreprendre à sa sortie de l'hôpital. Rejoindre la bande, il y répugnait. Mais où découvrir un emploi qui lui permît de gagner honnêtement son pain quotidien ?

La question fut résolue par le médecin qui l'avait soigné. Celui-ci, brave homme et pitoyable aux indigents, éprouvait pour Jacques un penchant indéfinissable qu'il formulait en une phrase peut-être à son insu divinatoire :

— Il y a en ce garçon quelque chose qui retient, on ne saurait spécifier pourquoi. Il se tait presque toujours ; il semble prendre plaisir à s'effacer et pourtant, c'est étrange, on dirait qu'un être supérieur l'a doué d'un charme spécial qui rayonne autour de lui et qui nous oblige à l'aimer.

Une fois certain que Jacques était désormais valide, il l'interrogea : — Possédez-vous quelques ressources ? Avez-vous des parents ? Espérez-vous trouver de l'occupation ?

Jacques répondit : — Je ne possède rien sauf les vêtements qui me couvrent. Je suis seul au monde. Je ne sais à qui m'adresser pour trouver du travail.

— Oh bien, reprit le docteur, cela ne se passera pas ainsi. Je vais m'occuper de vous...

Il était en relations suivies avec un conseiller général, gros propriétaire bien vu à la préfecture et dont il avait sauvé la fille, naguère mise en danger de mort par une fluxion de poitrine. En retour, ce personnage influent lui avait affirmé, à maintes reprises, qu'il lui rendrait volontiers service. Le docteur n'hésita donc pas à recommander son protégé. L'autre, enchanté de tenir parole, s'enquit dans les bureaux, apprit qu'un poste de cantonnier vaquait sur la route décrite ci-dessus, mena au pas de charge les formalités, culbuta les objections, éperonna les torpeurs administratives et, bref, arracha la nomination du jeune homme.

*
* *

Jacques s'adapta aisément aux conditions d'existence que lui imposait son nouveau métier. Ce qui lui en plut par-dessus tout, ce fut qu'elles lui permettaient de passer des journées entières sans dialoguer avec personne. Nulle misanthropie ne lui dictait cet état d'âme mais une disposition innée de son caractère lui faisait préférer à tout les enchantements de la solitude. D'ailleurs, qu'il s'activât au dehors, sous les ardeurs de la canicule ou sous la bise âpre de décembre, qu'il se reclût, la nuit, dans sa maisonnette, — il ne lui semblait pas être seul. Il sentait, d'une façon permanente, autour de lui, une *Présence* qui lui voulait du bien, le comblait de douceur et le maintenait dans une paix ineffable. Parfois aussi, lorsque ses regards erraient sur la campagne, le paysage lui apparaissait transfiguré. L'ondulation des blés, le balancement des feuillages, le bleu profond du ciel prenaient une signification intense, devenaient les symboles d'une vaste oraison par où la nature célébrait cet Etre mystérieux dont la munificence n'avait d'égale que la splendeur.

Alors son âme ingénue se joignait, d'un élan spontané, à l'hymne universel puis s'épanouissait comme une touffe de roses au premier soleil d'avril. Sa simplicité ne s'étonnait pas de ses ravissements. S'il lui eût fallu en rendre compte, il aurait été fort embarrassé mais il s'y abandonnait, le cœur en fête : il était l'enfant qui, découvrant une source cachée au fond des grands bois, y étanche sa soif avec allégresse et la remercie naïvement d'être si limpide et si fraîche.

Ainsi, sa prière fut assez longtemps celle d'une âme toute primitive, ignorant *Qui* elle adore. Mais un jour, une circonstance providentielle lui fit connaître la Voie, la Vérité et la Vie.

Il était allé à la ville pour s'acheter une paire de sabots, les siens s'étant usés et prenant l'eau. Dans un coin de la boutique où il entra, il y avait un tas de vieux papiers et de livres mis au rebut. Pendant que le sabotier ajustait les brides, il ramassa un volume au hasard, l'ouvrit et se prit à lire. Or, c'était, sous une reliure en cuir roussâtre et à moitié décousue, un exemplaire tout fripé du Nouveau-Testament. Beaucoup de pages manquaient, le sabotier s'en étant servi pour allumer sa pipe —

non par impiété mais par insouciance, car comme nombre de nos contemporains, il n'avait reçu aucune espèce d'éducation religieuse. Cependant les quatre Evangiles étaient intacts et au complet.

Jacques tomba sur le chapitre VII de saint Mathieu et d'abord sur ce passage : *Demandez et il vous sera donné ; cherchez et vous trouverez ; frappez et il vous sera ouvert.*

Ces paroles le remuèrent étrangement. Il feuilleta encore et ses yeux s'arrêtèrent sur les versets où Jésus enseigne le *Pater* aux disciples. Il lut, il relut, touché jusqu'au fond du cœur par cette prière qui contient toutes les prières.

— Oh ! murmura-t-il, que cela est juste, que c'est admirable... Il faut que j'apprenne à suivre Celui qui a dit ces choses.

Il se tourna vers le sabotier et lui demanda timidement s'il consentirait à vendre ce livre. L'autre, surpris que quelqu'un s'intéressât à un imprimé d'aussi piètre mine, examina le volume. Puis il éclata de rire : — Tout de même, s'exclama-t-il, vous ne voudriez pas que je vous le fasse payer !... Cela ne vaut pas deux sous. Tenez, je vous le donne par-dessus le marché.

Jacques lui témoigna une telle gratitude que le bonhomme, goguenard et le jugeant un peu fou, lui répétait : — En voilà une affaire ! Je m'en fiche, moi, de ce bouquin. Allez, allez, fourrez-le dans votre poche et n'en parlons plus.

Après l'avoir de nouveau remercié avec effusion, Jacques s'éloigna. Le sabotier, venu au seuil de sa boutique, l'accompagna du regard. Il remarqua que le jeune homme avait repris sa lecture et qu'il s'y absorbait au point de se heurter contre les passants et de ne pas avoir l'air de se douter que ceux-ci maudissaient sa distraction.

— Ça, conclut le sabotier, c'est un drôle de citoyen !... Dirait-on pas qu'il a découvert un trésor ?

C'était bien un trésor pour Jacques. A partir de cette date il vécut de l'Evangile. A tous ses moments de loisir il s'assimilait maints et maints chapitres. Il les méditait en travaillant. La nuit, il se réveillait pour y penser. Certains épisodes lui furent le point de départ d'une oraison frémissante de réalité surnaturelle. Particulièrement, le récit de la Passion lui fit aimer Notre-Seigneur comme jamais il n'eût soupçonné qu'on pouvait aimer quelqu'un. Et cet amour le possédait d'un façon si impérieuse qu'il lui semblait souvent ressentir dans sa chair la piqûre des épines de la couronne dérisoire, la brûlure de la flagellation, la meurtrissure de la croix à son épaule. Il y avait aussi des soirs où il se croyait transporté au Calvaire. Et alors, tandis qu'il pleurait les lèvres collées aux pieds du Crucifix, le Sang rédempteur ruisselait, à larges gouttes, sur son front.

*
* *

Il n'y avait qu'une personne, au village, pour s'intéresser à Jacques : la vieille Eulalie. Elle l'avait d'abord observé de loin. Ne sachant pas qu'il vivait dans la société de Notre-Seigneur, elle le plaignait de son isolement. A diverses reprises, elle entendit tenir sur son compte des propos où la dérision se mêlait à l'outrage, elle vit les enfants le harceler et elle admira sa patience à subir leurs sévices. Quel contraste avec son prédécesseur. Celui-là c'était un colosse, aux poings massifs, à la bouche débordante de blasphèmes et de jurons. Lorsqu'il s'enivrait, ce qui se produisait souvent, il saisissait, avec rage, tous les prétextes à querelles et à rixes. On le haïssait, mais on le craignait.

Jacques, au contraire, on eût dit que son aspect chétif et ses mœurs inoffensives vexaient les ruraux et qu'ils lui en voulaient de ne pas leur ressembler. Nul n'avait peur de lui et beaucoup l'auraient rossé avec délices. Mais par quel joint malmener un faible qui n'opposait que son silence aux provocations les plus acérées ?

Eulalie, à part soi, s'indignait de cette barbarie déchaînée contre un homme de qui le visage et les moindres gestes exprimaient la paix. Trop craintive pour réprouver tout haut l'injustice, en compensation, elle désirait ardemment se rendre utile à Jacques.

L'occasion lui en fut fournie par un coup de serpe mal dirigé dont le cantonnier s'entama le poignet un matin qu'il élaguait des sureaux ombrageant la route, non loin du presbytère. Eulalie balayait les marches du perron. Elle accourut, trouva des mots persuasifs pour obliger Jacques de la suivre dans sa cuisine, lava la plaie puis l'entoura d'un linge imbibé d'arnica. Le garçon eut un sourire si affectueux pour la remercier qu'elle se sentit tout-à-fait en confiance.

— Quand vous passerez par ici, dit-elle, il faudra vous arrêter un moment ; nous ferons un bout de causette ensemble.

Jacques acquiesça d'un signe de tête.

Dès lors ils furent amis. Par discrétion, Jacques évitait d'entrer dans le presbytère. Mais lorsqu'Eulalie se tenait assise à tricoter devant la façade et qu'elle l'avait salué la première, il stationnait volontiers debout devant elle et répondait à ses questions. C'est ainsi qu'il raconta, sans récriminer le moins du monde, sa vie de souffrance et d'abandon. Il termina en affirmant que son état présent lui convenait fort. Eulalie le prit en grande pitié. Tout de suite, étant une âme de foi profonde, elle lui parla de Dieu. Elle conjecturait qu'il ignorait absolument les choses de la religion. Aussi fut-elle au comble de l'étonnement lorsque les dires de Jacques lui révélèrent qu'il lisait l'Evangile et que même il la possèdait à fond. Un jour, il évoqua le **Bon Maître** avec une telle précision et une telle abondance de détails qu'à l'entendre, Eulalie s'écria : — Mais vous auriez vécu près de lui que vous n'en sauriez pas plus long !

— Ah ! que je voudrais seulement le voir, le toucher et, si ce n'était trop audacieux de la part d'un rien du tout comme moi, le soulager quand il tombe accablé sous le fardeau de sa croix !...

— Vous le mériteriez, reprit Eulalie, et pourtant vous n'êtes même pas baptisé.

— Ce n'est pas de ma faute ; je désire l'être. Expliquez-moi un peu en quoi cela consiste.

Eulalie le fit aussitôt et même lui donna un aperçu des autres Sacrements.

— Il faudra, conclut-elle, que vous appreniez le catéchisme. Je vous en passerai un, et puis nous nous occuperons de votre baptême. Dès demain j'en causerai avec M. le Curé.

Mais le lendemain, le Curé s'absenta pour aller chez Crochard.

*
* *

L'abbé Dieuze sortit tout horrifié du petit bureau où l'usurier l'avait reçu. Quoique celui-ci eût employé des formules patelines pour lui exposer comment il réussissait à dépouiller ses victimes sans enfreindre la lettre des lois, le prêtre avait pressenti l'abîme où il tomberait certainement s'il s'associait avec cette détestable sangsue. Tout ce qu'il y avait de bon en lui se révolta.

— Non, se dit-il, je ne dois pas me faire délibérément le complice d'un pareil scélérat. Ce serait appeler sur moi la colère divine !... Je chercherai un autre placement qui sera peut-être moins avantageux mais qui me laissera la conscience en repos.

Du point de vue de la sagesse humaine, c'était raisonner droitement. Mais alors pourquoi ne se sentait-il pas apaisé ? Pourquoi l'étau où le comprimait la préoccupation constante de tirer une fortune de son héritage ne desserrait-il pas ses mâchoires ?

C'est qu'un croyant qui se livre à l'esprit de lucre perd la saine quiétude des vrais enfants de Dieu. Il croit tenir l'argent — c'est l'argent qui le tient. Il s'imagine acquérir de l'indépendance — il se rend esclave.

A ce moment, l'abbé Dieuze était tourmenté par le regret de s'être séparé du portefeuille. En vain il se répétait : Je l'ai mis en lieu sûr... il ne parvenait pas à se rassurer. Il lui tardait de regagner le village pour replacer les billets dans sa poche secrète contre son cœur.

Il se hâtait sur le chemin du retour et il avait déjà parcouru un kilomètre quand il fut rejoint par une carriole que conduisait un de ses paroissiens, le boucher Bajot, de plus marchand de bestiaux assez cossu e avec lequel il était en bons termes.

— Hé ! M. le Curé, dit cet homme, en arrêtant son cheval, vous allez à pied par cette chaleur ? Y-a de quoi périr ! Venez donc près de moi.

L'abbé s'empressa d'accepter. En effet, il faisait si lourd que sa marche précipitée l'avait mis tout en sueur. Mais surtout il se félicitait que cette invite lui permît de retrouver plus tôt son cher argent. Tout en roulant, le boucher lui confia qu'il était sur le point d'acheter une auto, il en avait débattu le prix à la ville et il espérait obtenir du vendeur de payer à tempérament. Le curé ne prêtait qu'une oreille distraite à ces propos. Il ap-

prouvait par de vagues monosyllabes mais sa
pensée demeurait tendue vers le portefeuille.

Ils arrivèrent à l'endroit où la route commence à monter. Le cheval prit le pas et Bajot
laissa flotter les rênes. Le soleil touchait à
l'horizon. De longs nuages dentelés semblaient ouvrir des gueules de caïmans autour
de l'astre élargi qu'ils barraient, par intervalles
de traînées couleur d'encre. Une clarté sangui-
nolente étendait, peu à peu, son linceul lugubre
sur la plaine et jusqu'aux lointains.

Bajot décréta : — Nous aurons de la pluie
avant demain.

— Cela se pourrait, répondit le curé, comme
il aurait répondu n'importe quoi.

Un peu plus haut, ils rencontrèrent Jacques
qui, courbé vers le sol, nettoyait l'orifice d'un
caniveau engorgé par le sable. Au bruit de la
voiture, le cantonnier se redressa et salua res-
pectueusement. Bajot le toisa d'un regard à la
fois dédaigneux et protecteur et, pour toute
politesse, ébaucha le geste de porter son fouet
à la hauteur de son nez.

Quand ils furent passés : — Vous connaissez
ce traîne-la-savate ? questionna-t-il.

— Moi ? dit le curé, non, je ne lui ai jamais
parlé.

— Ça vit dans un coin comme un putois dans

son terrier, reprit le boucher, ça vous prend des airs de n'y pas toucher. Mais faut se méfier ; ces gas-là, le meilleur ne vaut pas tripette !

— Sans doute, approuva machinalement le curé qui, à ce moment même, voyait poindre, par delà le sommet de la côte, le clocher de son église et songeait qu'il tiendrait bientôt ses billets.

A mi-côte, juste en face de la maisonnette où Jacques abritait son repos, ils aperçurent une espèce de vagabond écroulé plutôt qu'assis contre le talus. Des guenilles trouées, poussiéreuses, comme tachées de rouille ou d'un mélange de sang et de boue ancienne, le vêtaient de misère. Ses cheveux, d'un roux foncé, retombaient, en mèches collées par la sueur sur son visage où se lisaient un épuisement et une souffrance infinis. Il paraissait sommeiller mais un tremblement de fièvre agitait ses membres décharnés.

— Fichtre, s'écria Bajot, en voilà un qui m'a la mine d'être en train de crever !...

L'abbé Dieuze éprouva une velléité de compassion pour ce pauvre en détresse : — Ne pourrions-nous pas le hisser dans la carriole ?... Au village, on trouverait bien quelqu'un pour le recueillir, ne fut-ce qu'une nuit.

— Non, non, dit Bajot, il nous donnerait de

la vermine. Et puis qui est-ce qui voudrait le recevoir ? A coup sûr, pas moi ni vous non plus, n'est-ce pas ?...

Et, afin de couper court, il fouetta son cheval qui prit le trot. Le curé n'insista point. Par nature, il ne portait guère d'intérêt aux indigents. Si, par convenance ecclésiastique, il tolérait qu'Eulalie leur fît l'aumône, lui-même préférait les tenir à distance. Et depuis que la tentation de la richesse le possédait tout entier, il était encore beaucoup moins disposé à s'attendrir sur leur sort.

Cependant, à vive allure, ils entraient dans le village. Parvenus sur la place, devant l'église, le prêtre pria Bajot d'arrêter, sauta de la voiture et, après quelques remercîments sommaires, franchit le portail à pas précipités. Il traversa la nef presqu'en courant, gravit les marches de l'autel, ouvrit le tabernacle et.... leva les bras, avec une exclamation de désespoir.

Le portefeuille avait disparu.

*
* *

Quelques minutes après le curé, l'abbé Bercy, revenant de son excursion rapide à travers la campagne, arriva au pied de la côte. A cause de la pente, il mit pied à terre et, menant sa bicyclette par le guidon, entama l'escalade. Ce retardement le vexait, tant il était pressé de rentrer pour rédiger certaines idées qui lui étaient écloses chemin faisant.

C'était une série de sophismes résultant d'une étude opiniâtre de « la raison suffisante » telle que ce fabricant de chimères fuligineuses, l'Allemand Kant, lui avait enseigné à la concevoir. Plus spécialement il s'était attaché à l'aphorisme célèbre : « Je dois toujours agir de telle façon que je puisse vouloir que mon action serve de règle universelle ».

Ce décevant précepte ravissait le séminariste, renforçait son orgueil et avait pris pour lui un caractère d'évidence. — A quoi bon s'astreindre à solliciter la Grâce, se disait-il, puisque nous portons en nous le critérium de la certitude morale ?

Une foule de déductions, sur la confiance qu'il était bon d'avoir en soi-même s'étaient ensuivies. Il les jugeait tellement irréfutables qu'impatient de les fixer sur le papier, il pestait contre cette côte malencontreuse qui l'avait obligé de quitter la pédale.

Marchant aussi vite que le permettait la pente, il fut bientôt à l'endroit où gisait le pauvre. Là, malgré sa préoccupation, il dut s'arrêter — le temps de compter trente secondes — car l'aspect lamentable du moribond lui tirait le regard. Il était trop desséché par le culte de l'abstraction pour s'émouvoir. Une seule chose le frappa ; ce déchet d'humanité, baigné par la lumière rougeâtre qu'irradiait le couchant, donnait l'impression d'un spectre.

— Tiens, pensa-t-il, c'est un sujet de tableau qui réjouirait un élève de Rembrandt.

Et, sans plus, il passa.

Rendu chez ses parents, il monta quatre à quatre jusqu'à sa chambre, s'assit devant son bureau, ouvrit le cahier où il consignait amoureusement ce qu'il nommait ses découvertes dans le domaine de la philosophie libérée et trempa sa plume dans l'encrier.

Mais alors un phénomène bizarre se produisit. Toutes ses idées se mirent à tourbillonner dans sa tête comme des feuilles mortes sous une rafale d'automne — puis elles se fondirent en une brume opaque où il ne distinguait plus rien. Et il demeura, les yeux écarquillés, la bouche béante, privé de mémoire et de raisonnement.

*
* *

Le soleil s'était couché. Les nuées s'accumulaient, en lourde masse aux reflets de plomb, pour un sombre crépuscule et l'obscurité croissante empêchait Jacques de poursuivre son labeur. Il rassembla ses outils, les chargea sur son épaule et remonta la route vers la maisonnette. Il en cherchait la clef dans sa poche quand il aperçut une forme confuse qui faisait saillie sur l'ocre du talus. Il s'approcha et il découvrit que c'était un homme tombé là et qui ressemblait fort à un cadavre. D'abord, il eut peur et faillit battre en retraite. Mais aussitôt il se reprocha sa couardise et se pencha sur ce corps inerte en murmurant : — Peut-être que le malheureux respire encore.... Je dois lui donner du secours.

Il lui prit la main et ressentit une impression de froid comme s'il avait touché de la glace. Il eut un cri : — Mon Dieu, il est mort !...

Afin de s'er assurer, il s'agenouilla tout contre et allait poser son oreille sur la poitrine, avec le désir que le cœur n'eût pas cessé de battre, quand il sentit un souffle saccadé qui lui frôlait la face, puis il remarqua le tremblement fébrile qui secouait les membres. Du coup, il brûla de charité. Sans tergiverser, il souleva l'abandonné et constata son effrayante maigreur. Il le prit dans ses bras, traversa la route et entra chez lui.

Que le logis était misérable ! Des murs grumeleux et sillonnés de crevasses ; pour plancher, la terre nue ; une vieille huche de rebut, aux parois incrustées de moisissure et dont le le couvercle faisait office de table ; une escabelle branlante ; une couverture de cheval en lambeaux ; çà et là quelques ustensiles de ménage ébréchés ; dans un coin une paillasse décousue perdait son varech.

Jacques déposa le malade sur la paillasse. Il s'y était pris avec beaucoup de douceur : néanmoins un gémissement s'échappa des lèvres entr'ouvertes :

— Certainement, il est blessé, se dit le jeune homme, comment pourrais-je bien le soigner ?....

D'une voix presque imperceptible, le moribond articula ces mots : — J'ai soif.....

Comme la nuit était complètement venue, Jacques s'empressa d'allumer une chandelle qu'il fixa sur le coffre. Puis il prit sa tasse en fer-blanc, l'emplit avec l'eau de sa cruche et l'inclina sur la bouche plaintive. Tandis que l'homme buvait il distingua des traces d'écorchures aux tempes et au front. Il y avait aussi des caillots de sang dans la chevelure emmêlée.

— Mais, mon pauvre ami, s'écria-t-il, qui donc vous a mis dans un pareil état ?

Une expression d'indicible tristesse passa, comme une ombre, sur le visage du malade. Il répondit en soupirant: — *Ce sont les miens qui me traitent de la sorte.*

*
* *

Au souper, chez ses parents, l'abbé Bercy

offrit une mine si absente que sa mère en prit
de l'inquiétude et lui demanda s'il se trouvait
incommodé. Il fit un geste négatif et, en même
temps, il fronça les sourcils. On supposa que
ses études l'absorbaient et l'on n'insista pas.
Lui s'efforçait d'avaler quelques bouchées mais
en vain. Jetant alors sa serviette sur la table
il souhaita brièvement le bonsoir et remonta
dans sa chambre.

— C'est ennuyeux, murmura la mère, il ne
mange pas....

— Ah ! dame, déclara le père avec un gros
rire, la science, ça nourrit !

En haut, l'abbé restait immobile. Sa stupeur
hébétée persistait. Il avait le cerveau plein de
nuit et l'effort de penser lui causait un malaise
des plus pénibles. Cependant, il parvint à se
convaincre qu'il n'y avait là qu'un fait de sur-
menage intellectuel et que le sommeil y remé-
dierait. Tout de suite, il se mit au lit.

Il s'endormit lentement et quelques heures
passèrent ainsi. Puis, vers le petit jour, il eut
un rêve.

Il se promenait dans un jardin exubérant de
fleurs qui s'épanouissaient de toutes parts,
comme gorgées d'une sève impétueuse. La
variété de leurs nuances, la force étourdis-
sante des aromes qu'exhalaient leurs calices
l'exaltaient jusqu'au vertige. Il allait de par-

terre en parterre, avec le désir insatiable de les
cueillir toutes. Mais chaque fois qu'il en touchait une, elle se fanait soudain et tombait
en cendre. Et toujours il en poussait de nouvelles et toujours les assembler en une gerbe
pour lui seul lui paraissait le but suprême
de son existence et toujours elles s'effritaient
au contact de ses doigts. Quoiq'une énorme
fatigue résultât de ces tentatives décevan-
tes, il s'y acharnait lorsqu'il eut l'impression
que, du milieu d'un buisson, au feuillage terne
et qu'il n'avait d'abord pas remarqué, quelqu'un
l'observait. Il s'en approcha et vit que c'était
le pauvre rencontré la veille sur la route et
cruellement négligé par lui. Ce gueux lamentable le fixait d'un regard de lumière qui le trans-
perçait comme la pointe d'une lance suraiguë
et pénétrait jusqu'au tréfonds le plus caché de
son âme. La sensation fut si douloureuse qu'il
se réveilla en criant.

Pendant un quart d'heure au moins, il n'arriva pas à rassembler ses idées tant son esprit
demeurait en désarroi. Mais, peu à peu, il
reprit conscience des choses et, brusquement,
il sentit la signification redoutable de ce songe.
Sa présomption, son égoïsme croulèrent. Il eut
horreur de sa barbarie et il sut nettement qu'il
devait réparer.

Redevenu presque l'adolescent très pieux et

spontané qu'il était à son entrée au séminaire, il s'écria : — Seigneur, j'ai péché par orgueil, pardonnez-moi !... Je vais me confesser.

Rapidement il s'habilla et se rendit chez le curé.

La disparition du portefeuille avait bouleversé l'abbé Dieuze. Son premier mouvement fut de mettre en branle la gendarmerie. Mais il réfléchit aussitôt qu'il n'avait parlé à personne de son héritage et qu'une enquête policière lui attirerait toute sorte de tracas. Il éprouvait également un scrupule à la pensée de révéler qu'il avait déposé son argent dans le tabernacle. Il prévoyait les commentaires railleurs des incrédules du village et du chef-lieu : — Quoi donc, ricaneraient-ils, le Bon Dieu du curé n'a même pas été capable de lui garder son magot !... Et bien d'autres quolibets. Il résolut de se taire.

Ensuite la crainte naquit en lui d'avoir manqué de respect au Saint-Sacrement en accolant au ciboire une somme peut-être mal acquise par la personne qui la lui avait léguée. Et, en outre, à travers sa perplexité à ce sujet, s'infiltra l'aveu que lui-même n'était pas sans reproches : sa joie toute mondaine chez le notaire et, au retour, son projet d'association

avec Crochard, puis l'ambition de faire fortune par des moyens licites mais pour son
bien-être exclusif — était-ce là le fait d'un bon
prêtre ?...

Il retournait anxieusement la question dans
son esprit et il en était si troublé que, le
voyant piétiner çà et là, marmotter des choses
indistinctes, les traits contractés comme ceux
d'un homme qui souffre en étouffant, tant bien
que mal, ses plaintes, Eulalie se persuada
qu'elle aurait prochainement à le soigner pour
un mal des plus pernicieux. Mais elle n'osa lui
témoigner sa sollicitude car elle se souvenait
des bourrades reçues récemment.

L'abbé, brisé par l'émotion et la fatigue de
sa course à la ville, se coucha de bonne heure
et s'endormit d'un sommeil agité. Et lui aussi
eut un rêve.

Il était plongé jusqu'au menton dans une
rivière étrange dont les flots, que fouaillait un
vent de flamme, ondulaient, pareils à de l'or
liquide. Une soif ardente le calcinait. Il semblait qu'il n'eût qu'à ouvrir la bouche pour se
désaltérer, mais chaque fois qu'il tentait de le
faire, cette eau devenait bouillante et il était
obligé de la rejeter avec précipitation. A
maintes reprises il en fut ainsi et plus il avait
envie de boire plus la température s'accrois-
sait. C'était un tel tourment qu'à demi-réveillé,

il cria son angoisse : — Mon Dieu, je brûle, je brûle !... Est-ce donc que je suis en Purgatoire ?

Le vent d'incendie souffla plus fort ; la rivière s'enfla et menaça de le submerger. En détresse, il écoutait le clapotis impitoyable de cet or fluide autour de sa tête et l'épouvante le paralysait au point qu'il ne pouvait esquisser le moindre effort pour échapper à la noyade. Il voulut appeler au secours : son gosier contracté n'émit qu'un son rauque qui ne franchit pas les dents. Il allait couler au fond quand ses yeux exorbités découvrirent, debout sur la rive, le pauvre de la route qui lui tendait une main secourable. Alors l'usage de ses membres lui fut restitué. Il nagea quelques mètres, gagna le bord, saisit la main et se hissa hors de l'eau.

Dès qu'il eut repris haleine, il entama une phrase de gratitude. Mais le pauvre le regardait avec un sourire si mélancolique qu'il perdit contenance et ne put que balbutier. Et il demeura en place tout intimidé tandis que son sauveur s'éloignait à pas lents puis disparaissait dans un pli de terrain...

Il se réveilla. L'aube blanchissait aux vitres. Le monde extérieur l'environnait ; mais il continua de vivre son rêve. Puis, il ressentit, d'une façon simultanée, le regret lancinant d'avoir, hier, négligé ce pauvre à l'agonie et le sentiment joyeux d'être libéré, comme d'un coup de rateau, du souci de cet argent délétère qui lui avait si odieusement endurci le cœur.

— Seigneur, soupira-t-il, j'ai péché par avarice. Je ferai pénitence !

*
* *

Une heure avant la messe, l'abbé Dieuze et l'abbé Bercy étaient réunis dans la salle à manger du presbytère. Le séminariste se disposait à demander au prêtre de l'entendre en confession quand la sonnette de l'entrée tinta doucement. Eulalie ouvrit la porte et poussa une exclamation de surprise ; Jacques était devant elle. Or, elle se rappelait que le cantonnier n'avait pas coutume de franchir le perron.

— Comment, c'est vous, s'écria-t-elle, par quel hasard ?...

Jacques avait l'air si ému et à la fois si recueilli que son étonnement redoubla.

Il répondit : — Ce n'est pas un hasard. Je dois voir tout de suite M. le Curé.

Alors elle, ingénument : — C'est pour lui parler de votre baptême ?

— Oui... après...

— Après quoi ?

— Dès que je lui aurai dit ce qui m'est arrivé cette nuit.

Eulalie, discrète, n'insista pas. Et puis, elle le sentait, Jacques ne pouvait être là que pour le bien. Elle entra dans la salle et prévint le curé.

— Mais que veut-il donc ? demanda celui-ci.

— Je ne sais pas... Je crois que cela presse.

En toute autre circonstance, l'abbé Dieuze aurait différé de recevoir ce tâcheron auquel il n'avait coutume d'accorder que si peu d'intérêt. Mais depuis la veille, tant d'événements « pas naturels » s'étaient produits qu'il s'attendait aux péripéties les plus inattendues.

Il se tourna vers le séminariste : — Vous permettez ? Ce ne sera sans doute pas très long.

L'abbé Bercy s'inclina sans souffler mot.

Jacques fut introduit. Comme il a été dit, d'ordinaire, son humilité le portant à l'effacement, il évitait tout colloque. Mais aujourd'hui, une force secrète le douait d'une assurance particulière. Sur l'invitation du prêtre, il prit la parole d'une voix assez basse mais nullement hésitante.

Il raconta d'abord sa découverte du vagabond au crépuscule et que, l'ayant pris en pitié et transporté dans sa cabane, il l'avait étendu sur sa paillasse, pour lui donner des soins. Il dit encore les écorchures du front, le sang caillé dans les cheveux et la soif terrible. Puis il continua :

— Quand je lui eus donné à boire, il parut un peu moins souffrant mais il avait très froid ; il n'arrêtait pas de grelotter et de claquer des dents. J'eus l'idée de lui faire des frictions. Je lui découvris donc le torse et je vis alors que des marques fraîches de coups de fouet le rayaient tout en travers des côtes. Elles étaient si nombreuses et si profondes que je me demandais comment il avait pu y survivre. Ensuite, j'aperçus, à gauche près du cœur, une coupure mal fermée qu'une lame très large avait produite. Quand mon massage l'eut réchauffé, je m'occupai de ses membres afin de vérifier s'il n'avait rien de cassé. Tandis que j'examinais les pieds et les mains, je vis qu'eux aussi portaient des cicatrices d'où ne cessaient de suinter des gouttes de sang... Vraiment le malheureux avait été affreusement torturé et je pleurais à me représenter l'acharnement de ceux qui l'avaient mis dans cet état !

Jacques s'arrêta quelques secondes refoulant des sanglots. Ses auditeurs avaient tressailli à sa description des plaies. Tout pâles, ils lui firent signe de poursuivre. Faisant un effort, il reprit :

— A présent le blessé était un peu réchauffé mais il marquait un tel épuisement que je compris qu'il avait besoin de repos. Je l'en-

veloppai dans ma couverture et lui appuyai la
tête contre une bûche que j'avais là. Comme
sa respiration devenait régulière j'en conclus
qu'il s'assoupissait. Sans faire de bruit, je
m'assis par terre, à côté de la paillasse, prêt à
lui venir en aide s'il voulait se retourner. Mais
il ne bougeait ni ne gémissait plus. Tout proche
de lui, je me sentis si rassuré, si calme, l'âme
si pleine d'une paix et d'un bonheur inexpli-
cables que je m'endormis à mon tour...

» Je ne sais quelle heure il était lorsque je me
réveillai. Ce que je puis dire c'est que la chandelle, usée jusqu'au bout, s'était éteinte et
qu'au dehors, il ne faisait pas encore clair.
J'allongeai ma main avec précaution vers la
paillasse, et voilà que mon malade n'était plus
là... Impossible de m'y tromper, j'avais beau
palper de long en large, mes doigts ne rencontraient que la toile rugueuse...

» La maison restait obscure mais, dans le cadre
de la porte grande ouverte, s'étendait une nappe
de lumière d'autant plus étrange que, cette
semaine, il n'y a pas de lune. Vêtu d'une robe
blanche, tout lumineux lui-même, l'homme se
tenait là debout et il me regardait avec tant de
bonté que je sentais le cœur me fondre dans la
poitrine. Jamais personne ne m'a regardé de
cette façon !...

» Je ne pourrais pas vous décrire comme il

était beau : je suis trop ignorant. Ce dont je me souviens surtout, c'est que toutes les étoiles du ciel rayonnaient dans ses yeux et qu'il me parut si grand — si grand !...

» Combien de temps cela dura-t-il ? Je serais bien embarrassé pour le préciser : il semblait que le temps n'existait plus... A la fin, l'homme étendit les bras dans la direction du village et, au dedans de moi, j'entendis comme une voix qui m'ordonnait d'aller vous confier ces choses. Puis l'homme disparut, je ne sais comment.

» En attendant le lever du soleil, j'étais comme si j'avais rêvé. D'ailleurs tout cela, c'était peut-être un rêve... Pourtant le fait est que l'homme n'était plus près de moi ni nulle part sur la route et que, depuis, j'entends une belle musique d'orgue qui me tient l'âme en prière. Je l'entends encore pendant que je vous parle...

Jacques se tut, pencha la tête et, les paupières closes, se reprit à écouter la musique céleste.

Le curé, haletant, posa une question : — Et... il ne vous a rien dit ?

Jacques eut un sursaut comme s'il revenait de très loin : — Si fait, après que j'eus constaté les blessures de son front, je lui ai demandé d'où elles provenaient. Il m'a répondu : — *Ce sont les miens qui me traitent de la sorte.*

Un silence souverain régna. Le visage dans

les mains, l'abbé Bercy pleurait. L'abbé Dieuze contemplait douloureusement un Crucifix attaché à la muraille. Tous deux maintenant savaient que ce Pauvre, assisté par un pauvre, c'était Notre-Seigneur Jésus-Christ (1).

(1) Il y a environ deux ans, le curé d'une petite ville de province cacha ses économies dans le tabernacle de son église. L'argent fut dérobé. Ni la porte n'était fracturée ni les vitraux cassés. Malgré toutes les recherches le voleur ne fut jamais pris. C'est ce... fait divers qui a fourni la première idée de la légende contemporaine qu'on vient de lire.

LA POSTÉRITÉ DE NICODÈME

Il y avait, parmi les pharisiens, un homme appelé Nicodème, un des principaux d'entre les Juifs. Il vint de nuit trouver Jésus et lui dit : « Rabbi, nous savons que c'est de la part de Dieu que vous êtes venu comme maître car nul ne peut faire les miracles que vous faites si Dieu n'est avec lui. » Jésus lui répondit : « En vérité, je te le dis, nul, s'il ne naît de nouveau, ne peut voir le royaume de Dieu... Parce que la lumière est venue dans le monde et que les hommes ont mieux aimé les ténèbres que la lumière, parce que leurs œuvres étaient mauvaises, telle est la cause de leur condamnation (Saint Jean, III).

Le Sanhédrin s'étant réuni pour délibérer sur l'arrestation de Jésus, Nicodème, celui-là même qui était venu à Jésus la nuit, demanda : « Est-il permis de condamner un homme avant de l'avoir entendu et de connaître ce qu'il a fait ? » Les Pharisiens répondirent : « Es-tu donc Galiléen, toi aussi ? » Et ils s'en retournèrent chacun dans sa maison (Saint Jean, VII).

Après que Jésus fut mort sur la Croix, Joseph

d'Arimathie, qui était disciple de Jésus, mais en secret, pria Pilate de lui permettre d'enlever le corps de Jésus. Et Pilate le permit. Il vint donc et prit le corps. Nicodème, celui qui naguère était allé trouver Jésus la nuit, vint aussi, apportant un mélange de myrrhe et d'aloès. Ils prirent donc le corps et l'enveloppèrent dans des linges avec des parfums, selon la manière d'ensevelir des Juifs (Saint Jean, XIX.)

***

Bien qu'il crût à la divinité de Jésus-Christ, Nicodème s'appliquait à dissimuler sa foi. Il donnait volontiers pour prétexte à sa prudence que, dans le milieu où son origine pharisienne l'obligeait de vivre, on haïssait les adeptes de la Bonne Nouvelle et qu'on regardait celle-ci comme une superstition des plus virulentes. De même, en public, afin, disait-il, de ne pas attirer la persécution sur les chrétiens, il feignait d'ignorer le Maître ou lorsqu'on en parlait devant lui, de ne le connaître que de réputation.

Sa timidité allait si loin qu'il revêtait un déguisement et choisissait toujours les heures nocturnes pour ses entretiens avec le Sauveur. Ce n'est donc pas sans raison que saint Jean insiste sur son goût du secret et de l'ombre.

Quand Jésus l'avertissait que cette crainte

extrême de la lumière le mettait en péril de se
perdre dans l'obscurité irrémissible où veille
le Père du péché, il faisait semblant de ne pas
comprendre. Mais, à part soi, il persistait à
penser que le Maître avait tort de répandre sa
doctrine au grand soleil et, pris de panique à
la réflexion qu'il pourrait être soupçonné de
connivence, il se promettait d'interrompre ses
visites. Ils les suspendait, en effet, pendant
quelques mois, puis il revenait, quelque chose
de plus fort que sa peur de se compromettre
l'y poussant.

A cette première réunion du Sanhédrin où l'on
envisagea l'opportunité de sévir contre Jésus,
Nicodème se garda bien de plaider la cause
du perturbateur que ses collègues accusaient
de violer les lois d'Israël. Tout au plus balbutia-
t-il qu'on devait observer à son égard les règles
juridiques, et, si l'on estimait à propos de
mettre la main sur lui, ne pas le condamner sans
enquête. Sur quoi les autres Pharisiens fron-
cèrent les sourcils ; les plus ombrageux lui
rappelèrent qu'en dépit de ses déclarations
officielles, il était suspect de christianisme.
Aussitôt, tout effaré de son audace, il devint
muet. La séance levée, il se hâta de regagner
son domicile dont il verrouilla soigneusement
les portes. Plus tard, lorsque Jésus fut traîné
devant Caïphe et Pilate, il fut le témoin inerte

de l'iniquité dont son Maître était la victime, En lui-même, il frémissait d'indignation mais pour rien au monde, il ne serait intervenu.

Quand tout fut consommé, Joseph d'Arimathie se rendit chez Pilate pour réclamer le corps de Jésus. Il aurait souhaité que Nicodème l'accompagnât ; mais le sachant incapable de surmonter ses paniques il ne prit même pas la peine de le lui proposer. Nicodème se félicita d'être laissé à l'écart.

Néanmoins, dès qu'on commença d'ensevelir la sainte dépouille, il fondit en larmes, car, à travers les dérobades où le poussait sa nature pusillanime, il aimait Jésus et maintenant il se reprochait de ne pas l'avoir écouté comme il l'aurait fallu. Son chagrin et ses regrets lui donnèrent le courage d'apporter du linge fin et des aromates précieux pour honorer Celui qu'il connaissait pour l'incarnation de la Vérité unique. — Il est vrai qu'en même temps il ne pouvait s'empêcher de se dire avec une sorte de satisfaction trouble : — Après un exemple anssi terrible, les disciples, à coup sûr, s'abstiendront de manifestations bruyantes. Eux et moi, nous servirons la mémoire de Jésus à la sourdine et avant tout nous éviterons de froisser les Pharisiens en affichant notre croyance. On va être enfin un peu tranquille...

Une tradition, fort admissible, veut qu'il

éprouvât une vive contrariété quand il entendit les Apôtres proclamer, selon le Saint Esprit et sans aucune retenue, leur foi au centre de tous les carrefours et sur le parvis même du Temple.

— Hélas ! les excès de zéle commencent, s'é ria-t-il. Et il prédit que cela finirait mal.

Quand les Juifs lapidèrent Saint Etienne, amèrement il triompha : — Voilà ce qu'on gagne à braver l'opinion !...

A son lit de mort, il légua une grande partie de son bien à l'assemblée des fidèles mais il recommanda de ne pas donner de publicité au testament, car il tenait à ménager les préventions des Pharisiens.

Tel fut Nicodème. Ajoutons qu'il engendra une nombreuse postérité qui florit surtout à notre époque. Ce fait lui donne tous les droits au titre de patron des catholiques libéraux.

*
* *

Parmi les libéraux, on compte beaucoup d'hommes qui, dans le privé, témoignent d'une piété sincère et d'un attachement réel à l'Eglise. Malheureusement, dans la vie publique, malgré leurs bonnes intentions, ils la desservent, s'imaginant la servir.

D'où vient cette étrange déviation ? De ceci qu'ils s'efforcent de marier des contradictoires.

Tels qui n'entreprennent nulle démarche avant
d'avoir prié et de s'être approchés des Sacrements, se conduisent ensuite comme si la foi
catholique n'était qu'une formule impropre à
régir leurs actes. Ainsi que l'a dit un très bon
prêtre : « Les libéraux cherchent un compromis entre des principes irréductibles ; ils
semblent admettre le déterminisme universel
et croire, en même temps, à l'activité libre de
Dieu et au libre-arbitre de l'homme, proclamer
que l'humanité se suffit à elle-même et garder la
croyance en la Providence et en la Grâce, ne
pas nier, en théorie, que Dieu existe mais, pratiquement, se passer de lui. »

En corollaire de ce résumé fort exact des
tendances du libéralisme, j'essaierai d'apporter des exemples à l'appui. Certes, ce n'est
pas une tâche agréable. Combien je préfère-
rais me trouver d'accord sur tous les points
avec des frères en Jésus-Christ ! La chose n'est
pas possible parce que, de propos délibéré, ils
refusent, avec colère ou dédain, d'entendre
ceux qui ne partagent pas leurs illusions.
Comme bien d'autres — qui valent mieux que
moi — je m'efforce, depuis vingt ans, de leur
souligner l'erreur qui leur fausse le jugement.
J'ai tiré mes arguments d'une expérience qu'ils
ne peuvent me contester puisque je l'ai acquise chez les ennemis de Dieu. Je n'ai rien

obtenu. Non seulement, je n'ai pas réussi à les convaincre, mais ils m'ont fait sentir leur mauvaise humeur. Je suis donc forcé de m'adresser à d'autres — aux âmes sans parti-pris, mais parfois mal informées, qui s'étonnent et s'affligent de constater que toutes les entreprises des libéraux pour adapter le catholicisme à l'état social où nous sommes condamnés à vivre échouent l'une après l'autre. Ce faisant ai-je besoin d'ajouter que je ne suis mû par aucune ambition d'ici-bas ? Je ne me plais que dans ma solitude, je ne veux rien être et mon seul objectif, c'est de vouer le peu de forces qui me restent à reconnaître les bienfaits dont Dieu daigna combler si gratuitement — l'ouvrier de la dernière heure en défendant pour ma petite part la Sainte Eglise des périls que lui fait encourir l'aveuglement des libéraux. Par là, j'espère me montrer digne de me tenir aux pieds de Jésus en croix ; quand on a choisi le Calvaire pour résidence, on voit plus loin que si l'on s'attarde dans les ruelles tortueuses où piétinent les politiques. Et, au surplus, le sujet que je traite ici surpasse toute politique de parti.

La caractéristique principale des libéraux c'est qu'ils semblent oublier sans cesse que leur privilège de catholiques, c'est-à-dire d'hommes à qui Dieu octroya l'énorme bienfait de posséder la Vérité, implique des devoirs impérieux. On dirait que ces obligations les gênent. On dirait aussi qu'ils rougissent d'attester leur foi devant l'incrédulité régnante. C'est pourquoi ils usent de l'équivoque comme d'un expédient pour se persuader que « servir deux maîtres » ne constitue pas une faute grave envers Notre-Seigneur. Plutôt que de l'avouer ils subtilisent afin de justifier leurs avances aux ennemis de Dieu. Ils marivaudent avec eux sous prétexte de « moindre mal, » comme s'il y avait des degrés dans le fait de nier la Révélation. Bref, ils donnent dans tous les pièges que dispose à leur intention l'athéisme au pouvoir tant ils ont hâte de se conformer le plus qu'ils peuvent à ses mœurs et pratiques. Il leur arrive pourtant d'éprouver, de loin, en loin, quelques scrupules. Mais bientôt ils se rassurent en se répétant qu'ils fortifient l'Eglise parce qu'ils laissent de côté les principes sur lesquels Dieu la fonda. Cette illusion les enveloppe de mirages à ce point qu'ils deviennent les amants passionnés de la chimère et qu'ils méritent qu'on leur applique la sentence de Bossuet : « C'est un grand déréglement de l'esprit que de voir les choses comme on désire

qu'elles soient et non comme elles sont réellement ».

On compte plusieurs catégories de libéraux.
Nous allons en examiner quelques-unes sans
oublier que — sauf peut-être celle des gens de
finance — elles englobent beaucoup d'âmes de
bonne foi dans leur aberration.

Voici les *optimistes*. — Ceux-ci estiment que
les catholiques auraient tort de dépenser du zèle
pour maintenir la doctrine intégrale de l'Eglise.
Le présent leur apparaît passable et l'avenir
serein. Volontiers, ils s'écrieraient avec Pan-
gloss : « Tout est pour le mieux dans le meilleur
des mondes possible ». Un des propagateurs
de cette manière de penser écrivait, l'an dernier, à la première page du premier numéro
d'un hebdomadaire libéral : « Il n'y a pas lieu
de s'inquiéter outre mesure ni de maudire trop
fort le temps présent. Bien des choses vont
mal mais tout s'arrangera puisque Dieu nous
l'a promis. Un catholique optimiste ne croit
point que tout soit arrivé, il croit d'un cœur
joyeux que quelque chose arrivera, quelque
chose d'infiniment consolant : le Règne de notre
Père. J'ai compté, mais ne me souviens plus
combien de fois le Sauveur nous répéte en son
Evangile : *Nolite timere, non turbetur cor ves-
trum.* Cela veut dire dans l'araméen de Mont-
martre : « Ne vous en faites pas. Tout ira bien ».

7

N'est-il pas navrant de voir interpréter avec tant de nonchalance et de légèreté les enseignements du Verbe incarné ?

Lorsque Notre-Seigneur recommande à ses disciples de ne pas craindre les impies et de ne pas se troubler au cours des persécutions, ce n'est pas du tout pour les inviter à l'optimisme, mais pour qu'ils se préparent, les yeux fixés sur Lui seul, aux souffrances et aux sévices qu'attirera sur eux l'amour qu'ils lui portent.

Il paraît que le rédacteur des espiégleries ci-dessus est aussi *calé* en grec qu'en argot Montmartois. Mais on doit conclure de ses propos qu'il est infiniment moins versé dans la connaissance de l'Evangile.

En outre on peut lui certifier que beaucoup de catholiques, prenant la Sainte-Ecriture au sérieux, voyant ce qui se passe, prévoyant ce qui va venir, n'éprouvent pas du tout le besoin de prendre, à son exemple, un air guilleret et de s'exclamer en se frottant les mains : — Allons, allons, pas de bile ! Nous avons lieu de nous réjouir et même de danser la carmagnole en prêchant l'insouciance. Evidemment il arrive des aventures fâcheuses à l'Eglise mais ne nous en occupons pas : Dieu aplanira tout un jour ou l'autre...

Or pour que le règne du Père arrive, il ne

suffit pas de concéder que « bien des choses vont mal », puis de faire une pirouette et de se réfugier ensuite dans un optimisme béat en laissant à qui voudra le soin de lutter pour l'Eglise.

Certes nous savons que Dieu la protège constamment. Mais nous savons aussi que, pour sa défense, il exige notre collaboration perpétuelle. Nous dérober, c'est nous conduire en fatalistes. Dans ce cas nous nous rendons indignes d'obtenir qu'Il écarte de nous la tentation et qu'Il nous délivre du mal, car :

La foi qui n'agit pas, est-ce une foi sincère ?...

Voici maintenant *les Hybrides*. — En zoologie, on appelle ainsi les animaux qui proviennent de deux espèces différentes. Exemple : les mulets. Les hybrides sont, en général, inféconds. On peut appliquer la même définition aux libéraux issus d'une tentative de compromis entre les dogmes de l'Eglise et les faux dogmes de la Révolution. Leur politique s'avère stérile en bons résultats. Et le pire, c'est que la plus décevante des tactiques les porte à subordonner fréquemment les droits de Dieu aux prétendus droits de l'homme. Ils espèrent par là désarmer les tenants de la Révolution ou, tout au moins, atténuer les effets de leur manie anti-religieuse. Or, l'histoire contemporaine démontre non-seulement qu'ils s'abusent mais qu'ils nuisent à la cause sacrée dont ils se figurent sauvegarder le plus essentiel.

Vers le milieu du XIX⁰ siècle, ils déploraient comme inopportune la promulgation des dogmes de l'Immaculée-Conception et de l'infaillibilité pontificale. Afin d'apaiser l'ennemi en fureur, ils s'appliquaient à fausser, par des commentaires lénifiants, la signification de cet admirable catalogue des erreurs nées de la soi-disant Réforme et de la Révolution : *le Syllabus*. Au temps de la Séparation, ils se renfrognaient parce que Pie X, Saint d'une sublime clairvoyance, refusait de pousser l'Eglise de France dans ce traquenard à ressorts juifs et huguenots : les Cultuelles. Depuis, ils s'arrachent les cheveux chaque fois que les catholiques militants opposent une résistance aussi franche qu'efficace aux assauts de l'impiété ; par des voies plus ou moins obliques ils s'efforcent d'entraver leur action. Enfin ce sentiment fâcheux que Louis Veuillot nommait « leur manque d'horreur pour l'hérésie » les incline à considérer d'un œil plutôt amical les intrigues du modernisme.

Tant de concessions à l'adversaire, tant de capitulations sans combat ont-elle amené la paix honteuse qui leur permettrait d'engourdir l'Eglise comme une marmotte hivernant au fond de son terrier ?

Pas du tout. L'irréligion, encouragée par leur veulerie, n'a pas déposé les armes un seul instant. Tandis qu'ils multipliaient les courbettes, Gambetta lançait le cri célébre : « Le cléricailsme voilà l'ennemi! » Et par cléricalisme, l'évènement l'a prouvé, il entendait le catholicisme. Ferry fit voter la loi laïque sur l'enseignement et supprimer la lettre d'obédience qui, délivrée par les Evêques aux Religieux, permettait à ceux-ci d'ouvrir des écoles. Waldeck-Rousseau fit voter la loi sur les Associations de laquelle Combes se servit pour dissoudre et proscrire les Congrégations. Poincaré déclarait naguère aux libéraux qui, en retour de leur appui, lui demandaient quelques vagues garanties : « Nous sommes séparés par toute l'étendue de la question religieuse » et, après avoir promis d'autoriser la rentrée en France des noviciats de Missionnaires, s'esquivait sans avoir tenu parole. Et afin de mettre dans tout son jour le triomphe de l'athéisme officiel, Viviani, applaudi avec enthousiasme par la Libre-Pensée et les Loges, proclamait : « Nous avons éteint les étoiles du Ciel! » Par la suite, il avouait que la prétendue neutralité scolaire n'était qu'un leurre. « Elle fut, dit-il à la tribune de la Chambre, un *mensonge* nécessaire lorsqu'on forgeait la loi scolaire. On promit cette *chimère* de la neutralité pour rassurer quelques *timides* dont la coalition eût fait obstacle au principe de la loi. Mais Jules Ferry avait l'esprit trop net pour croire à la durée de cet *expédient*. Ce ne fut qu'un prétexte... » (1).

Ces leçons réitérées — et bien d'autres — ont-elles corrigé les libéraux ? — Nullement. Ils s'opiniâtrent dans leur aberration. Plus encore, ils n'arrêtent pas de considérer comme de futurs sauveurs de l'Eglise les politiciens athées qui feignent, pour de louches combinaisons, d'accepter parfois leur alliance mais qui ne négligent aucune occasion d'affirmer qu'ils ne leur feront jamais la moindre concession.

Qu'on se souvienne : il y a peu, les libéraux flagornaient Briand, aventurier suspect, apte aux roueries du parlementarisme, mais sectaire obtus quant aux choses religieuses. C'est lui qui, dans le temps même où les libéraux tendaient vers son ricanement des mains implorantes, disait dans un discours fameux contre l'Eglise : «L'homme vrai, le citoyen de la vraie démocratie, celui dont le cerveau n'est

(1) Ce Viviani, qui se glorifiait d'avoir aboli les lumières du Ciel, Dieu l'a jeté dans « les ténèbres extérieures ». Il est devenu fou et l'on a dû l'enfermer. Puis il est mort sans avoir recouvré la raison.

pas obstrué par la préoccupation du mystère et du dogme — cet homme, la divinité est en lui ».

Aujourd'hui, les libéraux balancent des encensoirs sous le nez de Millerand qui s'est enrichi par le pillage des congrégations et qui se gardera bien de restituer.

Mais les hybrides ont commis d'autres incartades particulièrement graves : nous le verrons plus loin...

Voici maintenant *les Anarchist « inconscients.* — A l'extrême-gauche du liberalisme, on découvre M. Marc Sangnier et le petit clan, étiqueté démocrate, qui se groupa autour de lui après que le Sillonisme eût été condamné. Rappelons d'abord que lorsque Pie X prononça cette condamnation (par sa *Lettre à l'épiscopat français* datée du 25 Août 1910) M. Sangnier déclara immédiatement qu'il se soumettait. Nous allons voir la façon dont il a compris la discipline et l'obéissance à la volonté du Saint Père. Mais, avant tout, il n'est pas sans intérêt de citer deux passages des plus décisifs de la Lettre :

Notre charge apostolique, nous fait un devoir de veiller à la pureté de la foi et à l'intégrité de la discipline catholique, de préserver les fidèles des dangers de l'erreur et du mal, surtout quand l'erreur et le mal leur sont présentés dans un langage entraînant qui, voilant le vague des idées et l'équivoque des expressions sous l'ardeur du sentiment et la sonorité des mots, peut enflammer les cœurs pour des causes séduisantes mais funestes. Telles ont été naguère les doctrines des prétendus philosophes du XVIII° siècle et du libéralisme tant de fois condamnées. Telles sont encore aujourd'hui les théories du Sillon...

Le catholicisme du Sillon ne s'accommode que de la forme du gouvernement démocratique qu'il estime être la plus favorable à l'Eglise et se confondre, pour ainsi dire, avec Elle : il inféode donc sa religion à un parti politique. Nous n'avons pas à démontrer que l'avènement de la démocratie universelle n'importe pas à l'action de l'Eglise dans le monde. Nous avons déjà rappelé que l'Eglise a toujours laissé aux nations le souci de se donner le gouvernement qu'elles estiment le plus avantageux pour leurs intérêts. Ce que nous voulons affirmer, encore une fois, c'est qu'il y a erreur et danger à inféoder, par principe, le catholicisme à une forme de gouvernement, erreur et danger qui sont d'autant plus grands LORSQU'ON SYNTHÉTISE LA RELIGION AVEC UN GENRE DE DÉMOCRATIE DONT LES DOCTRINES SONT ERRONÉES. *Or c'est le cas du Sillon, lequel, par le fait et pour une forme politique spéciale, en compromettant l'Eglise, divise les catholiques. arrache la jeunesse et même des prêtres et des séminaristes à l'action simplement 'catholique et dépense en pure perte les forces vives d'une partie de la nation...*

Ce genre de démocratie dont les doctrines sont erronées, c'est le socialisme qui, on le sait, se réclame du matérialisme absolu et qui qualifie la religion : « un opium pour le peuple ». M. Sangnier ne peut l'ignorer et pourtant, dans ses discours et dans ses écrits, il ne cesse d'exalter les théories socialistes comme les plus propres à instaurer un ordre de choses où tous les hommes seraient libres, égaux et comblés de félicités temporelles. A cet effet, il déforme les enseignements de l'Evangile. Sentimental anarchisant, il y procède de telle sorte que, lors de son passage à la Chambre, il recueillit les applaudissements des communistes inspirés par Moscou.

Est-ce là de la soumission ?

Mais il ne se borne pas à cette dangereuse inconséquence. Quand on lui oppose la Lettre où sa chimère est formellement condamnée il insinue — et ses lieutenants avec lui — que c'est un document suranné dont il n'y a plus à tenir compte. Ainsi que le fait remarquer M. Dublaix dans la brochure où il signale la survivance du *Sillon* : « A leurs jeunes recrues, ils s'efforcent de cacher sinon l'existence — ce serait difficile — du moins le texte de la lettre de Pie X. Ils leur racontent qu'il y a quelques années, ce Pape, circonvenu par les royalistes et abusé par de faux rapports, a lancé contre *le Sillon* et ses doctrines une lettre de condamnation. Mais ce document pontifical est rempli d'erreurs. Le Pape s'est trompé sur toute la ligne. Ses décisions ne sauraient donc, en conscience, obliger les catholiques. Enfin, depuis sa mort, l'encyclique a perdu toute espèce de valeur. Il est, par suite, inutile de s'en préoccuper. »

Si M. Sangnier est de bonne foi lorsqu'il répand des assertions de ce calibre parmi ses néophytes, je crois pouvoir l'avertir qu'il se trompe. En décembre 1911, j'étais allé donner une conférence à Chambéry où j'eus l'honneur d'être reçu par le cardinal Dubillard, théologien émérite lequel fut chargé par Pie X d'enquêter sur *le Sillon* et de préparer les éléments de la Lettre où le Sillonisme fut réprouvé comme contraire à l'orthodoxie. Le cardinal voulut bien m'analyser longuement et lucidement les doctrines du *Sillon* et me faire toucher du doigt les germes d'anarchie qu'elles contenaient. C'est la plus belle leçon de théologie que j'aie jamais eu le plaisir d'entendre.

Eh bien, je puis certifier à M. Sangnier que cet exposé magistral ne toucha pas un seul instant à la politique : il s'agissait de l'ordre social tel que l'Eglise n'a cessé de le définir à travers les variations de la faiblesse humaine. Et, comme je remémorais au prélat que M. Sangnier attribuait sa condamnation aux intrigues des royalistes, il haussa les épaules et me répondit : —Ce malheureux garçon a oublié jusqu'aux rudiments de la religion. Mais voilà : on se considère comme l'interprète le plus éclairé, le plus avancé, le plus magnanime de la foi catholique ; on a de l'orgueil et l'on veut avoir raison même contre le Pape infaillible.

Je n'ajouterai rien à ce jugement auquel souscrivent tous les fidèles, c'est-à-dire tous ceux qui ne substituent pas leur sens propre aux décisions du Souverain Pontife...

Voici les *Courtisans de la Finance.* — Il y en a parmi les catholiques et il y en a même beaucoup trop. Ceux-là se sont aperçu que la démocratie actuelle n'est qu'un masque pour la ploutocratie, c'est-à-dire que c'est la Banque internationale qui régit notre globe par le moyen de ses domestiques : la plupart des parlementaires de tout poil. Ces simulacres de chrétiens désirent avec ardeur mériter la bienveillance des Maîtres de l'Or qui craignent que l'Eglise n'affaiblisse leur domination sur les âmes en désarroi d'un très grand nombre de nos contemporains. Afin de les rassurer maints courtisans de la finance professent le libéralisme, cette commode doctrine leur fournissant des sophismes pour inviter l'Eglise à se calfeutrer dans ses sanctuaires et à se désintéresser de la vie sociale. Ou s'ils se résignent à lui permettre d'en sortir et à lui concéder quelque influence, c'est dans l'espoir de réduire le clergé au rôle d'une gendarmerie morale qui monterait la garde devant leurs coffres-forts.

Les libéraux épris de la Banque sont des gens tout à fait — positifs. Aussi lorsqu'ils vont en pèlerinage à l'étable de Bethléem, ils offrent volontiers de la myrrhe à l'Enfant-Jésus, car cet aromate symbolise la souffrance. Ils considèrent, en effet, que leurs richesses leur donnent le droit de souffrir le moins possible et de laisser le fardeau de la croix peser uniquement sur les épaules du Rédempteur.

Ils lui offrent aussi une sorte d'encens frelaté : ce sont leurs prières qui ne portent que sur ce point : obtenir de Celui qui n'eut même pas un toit où abriter son dénuement qu'Il veille sur leur fortune — quelle qu'en soit l'origine et qu'Il accroisse leurs revenus — quelle qu'en soit la source. Quant à l'or, symbole de l'amour de Dieu selon la théologie mystique, la part qu'ils en détiennent n'a rien de commun avec les dons des Rois-Mages, elle est la représentation du métal dont le Démon leur blinda le cœur. Il ne saurait donc leur venir à l'esprit de l'offrir à l'Enfant-Jésus, d'autant que les mots : *amour de Dieu* sont pour eux complètement dénués de sens. Tout au plus, s'ils l'osaient, ils proposeraient à Marie et à Joseph des papiers fallacieux, par exemple, les actions d'entreprises tombées en déconfiture et dont ils ont extrait naguère tout le suc à la Bourse. Ils ne doutent pas que cette oblation leur vaudrait l'appui de la Mère Immaculée et du Père nourricier auprès d'une Providence qu'ils se figurent déjà très bien disposée à leur égard. Toutefois, comme la Sainte-Famille ne possède pas d'économies, ils s'abstiennent en regrettant qu'elle n'ait pas prévu les merveilles de l'agiotage.

La seule parole de Notre-Seigneur qu'ils aient retenue est celle-ci : *Il y aura toujours des pauvres parmi vous.* Ils la citent avec empressement chaque fois qu'on montre la difformité des Institutions dont ils bénéficient depuis 1789. N'ayant pas compris que ce texte fustige leur dureté, leur avarice, leur égoïsme, ils s'en autorisent pour excuser la répulsion haineuse que leur inspirent et les indigents et les prolétaires écrasés sous le despotime de la Banque. Ils baptisent Progrès et Civilisation ce règne

de la barbarie financière. Quand un déborde-
ment de ces marais bourbeux, le socialisme et
le bolchevisme, menace leurs domaines, ils refusent rageusement d'avouer que ce fléau soit
le résultat inéluctable d'un état social dont ils
furent les créateurs.

Ainsi que les autres libéraux, ce n'est pas à
Dieu qu'ils s'adressent pour trouver un re-
mède aux maux qui éprouvent l'Eglise. Ils
préfèrent solliciter des tripoteurs de la politique dont l'infamie est notoire. De nos jours,
nous les voyons se traîner aux pieds de Cail-
laux, couvert du sang d'un patriote tué par sa
femme, condamné par ses anciens complices
pour entente trop formelle avec l'agresseur
d'Outre-Rhin, amnistié depuis mais non réhabi-
lité au regard des âmes honnêtes. Cet assassin
par procuration, ce traître, ce jongleur fa-
vori de la Banque, il est leur grand homme,
le génie dont ils attendent la sauvegarde de
leur pécune. Ils le regardent avec idolâtrie.
Peu s'en faut qu'ils n'allument des cierges
devant ses portraits...

Quand la persécution viendra — et sans doute
elle viendra bientôt et elle sera terrible car
tout indique que la patience de Dieu est à
bout — les courtisans de la Finance se hâteront
d'apostasier. Ce ne serad'ailleurs pas une cause
de tristesse : la persécution purifie l'Eglise.

Celle qui approche la délivrera des esclaves de l'Or immonde et lui donnera les Saints dont elle a le plus urgent besoin !

*
* *

En démocratie parlementaire, c'est-à-dire sous le régime du bavardage dans le vide, les libéraux, qui prisent fort cette intempérance du gosier, souffrent de ne pas s'y livrer autant qu'ils le souhaitent. Désolés de ne pas réussir malgré toutes leurs avances à conclure une paix durable avec les ennemis irréductibles de l'Eglise, n'obtenant que des armistices précaires où ils tiennent l'emploi de dupes plus ou moins bénévoles, ils ont tenté récemment un suprême effort pour déchirer la Tunique sans couture. Ils ont imaginé d'accepter les lois laïques. Certains politiciens athées, de la nuance dite conservatrice, exigeaient cette trahison pour leur concéder une toute petite place autour de l'assiette au beurre. Le pacte fut conclu sans hésitation et il s'ensuivit que quelques libéraux, choisis parmi les plus souples, réussirent à se glisser dans les rangs des élus qui, à la Chambre ou au Sénat, jacassent sous le joug de la Banque omnipotente.

Résultat pour le bien de l'Eglise — néant.

Il ne pouvait en aller autrement. D'abord ces déserteurs ne peuvent acquérir aucune in-

fluence. La soi-disant Libre-Pensée ne croit pas
à leur sincérité. Pour la satisfaire pleinement,
il faudrait qu'ils cessent de manifester leur
croyance et, par exemple, d'entendre la Messe.
Il faudrait que lorsqu'on outrage Dieu devant
eux, ils approuvent avec chaleur. Comme
ils n'en sont pas encore tout à fait là, leur
soumission partielle ne leur vaut que des re-
buffades et des réprimandes. La chose se con-
çoit facilement : les héritiers de la Révolution
soupçonnent et soupçonneront toujours de
duplicité ceux qui, quémandant leur alliance,
n'acceptent pas tous les articles de leur *Credo*
dont les principaux sont la négation de l'existence de Dieu et la réprobation de la foi catholique. On ne saurait leur reprocher cette
méfiance ; ils sont dans la logique de l'esprit
sectaire qui les inspire.

Les libéraux devraient avoir appris qu'on
ne gagne rien à ménager toutes les chèvres
et tous les choux et qu'on ne fonde rien de solide sur l'équivoque. Mais ces hongres par per-
suasion semblent trop amollis pour réagir. Ils se
rendent compte que s'ils protestaient à la tribune
contre quelque application par trop odieuse des
lois laïques, on leur rappellerait aussitôt que,
sur l'autel du Manitou qui a nom Suffrage universel, ils ont adhéré à un principe dont
ils rejettent maintenant les conséquences. Ils

n'ont donc d'autre ressource que de se confiner dans un silence craintif ou, tout au plus, de s'abstenir de voter les mesures de persécution qu'ils contribuent à préparer.

Est-ce pour une neutralité de ce genre que les catholiques illusionnés dont ils faussèrent l'entendement par d'insidieuses promesses leur ont donné mandat de les représenter ?

Se taire, se composer une attitude passive quand on attaque l'Eglise, est-ce un *moindre mal* que de la défendre vigoureusement et sans nulle réticence chaque fois que l'adversaire revient à l'assaut ?...

Pour ceux d'entre les catholiques qui oublient trop facilement les exigences salutaires de leur foi, précisons ce que signifie le fait d'accepter les lois laïques.

1° C'est, contrairement à la doctrine immuable de l'Eglise, contrairement à un précepte formel de l'Evangile, reconnaître à l'Etat le droit de désunir, par le divorce, les couples unis par Dieu,

2° C'est reconnaître à l'Etat le droit de dissoudre et d'expulser, de spolier les Congrégations, c'est-à-dire des communautés d'hommes et de femmes réunis pour suivre une règle qui ne trouble en rien l'ordre social et pour prier en commun.

3° C'est reconnaître à l'Etat le droit d'imposer aux enfants une instruction et une éducation athées dans ses écoles.

Vraiment, on se demande si l'on rêve lorsqu'on voit des gens qui se croient bons catholiques assumer une pareille responsabilité devant Dieu, sous prétexte d'éviter un plus grand mal ! Comme si le pire des maux n'était pas d'ouvrir la brèche par où la horde en révolte contre la loi divine investirait le Temple et en souillerait le Parvis.

*
* *

Tout de même, une multitude de fidèles n'admettent pas cette tactique aberrante d'où ne résulterait que le déshonneur de l'Eglise. Ils ont interrogé leur conscience et elle leur a dit que les pauvres ruses — d'ailleurs éventées par l'ennemi — où s'égare le libéralisme n'étaient pas de nature à nous attirer les bénédictions de la Providence. Pleins de tristesse et d'anxiété, ils se sont alors tourné vers les chefs de la hiérarchie catholique et ils leur ont demandé ce qu'il fallait faire.

La réponse est venue.

Le 10 Mars 1925, une assemblée des Cardinaux et Archevêques de France a formulé une déclaration dont voici les passages essentiels :

1° Les lois de laïcité sont injustes d'abord parce qu'elles sont contraires aux droits for-

mels de Dieu. *Elles procèdent de l'athéisme et y conduisent dans l'ordre individuel, familial, social, politique, national, international. Elles supposent la méconnaissance totale de Notre-Seigneur Jésus-Christ et de son Evangile. Elles tendent à substituer au vrai Dieu des idoles (la liberté, la solidarité, l'humanité, la science, etc.) ; à déchristianiser toutes les vies et toutes les institutions. Ceux qui en ont inauguré le règne, ceux qui l'ont affermi, étendu, imposé, n'ont pas eu d'autre but. De ce fait, elles sont l'œuvre de l'impiété, qui est l'expression de la plus coupable des injustices, comme la religion catholique est l'expression de la plus haute justice.*

Exposant ensuite la tactique de compromission adoptée par les libéraux, la déclaration ajoute :

Cette tactique laisse les lois debout. A supposer qu'un ministère ou plusieurs ministères n'en usent qu'avec bienveillance, ou même cessent d'en user contre les catholiques, il dépendra d'un nouveau gouvernement de les tirer de l'oubli, de leur rendre leur vigueur et leur efficacité. Danger qui n'est pas imaginaire, car de notre temps le pouvoir passe continuellement d'un parti relativement tolérant à un parti extrême. Il suffit que le premier se soit montré un peu conciliant pour que le second, par réaction, ne garde, à notre endroit, aucun ménagement. Depuis des années, nous assistons à ce flux et à ce reflux de la persécution religieuse qui, au fond, s'est toujours aggravée. Elle habitue les esprits, fussent-ils sincèrement catholiques, à regarder comme justes, comme compatibles avec la religion les lois de laïcité ; elle favorise ces hommes qui, oscillant perpétuellement entre le laïcisme et le catholicisme, sont prêts à toutes les concessions pour gagner des voix à droite et à gauche, pour entrer dans un ministère, et n'essayant que d'atténuer quelques effets du laïcisme, en laissent subsister le principe, et en pratique lui sacrifient à peu près complètement le catholicisme. On dira qu'une attitude de conciliation nous a valu quelques faveurs particulières. Petits avantages quand on songe à l'immense courant d'erreur et de mal qui envahit les âmes et les entraîne à l'apostasie ! Petits avantages qui nous enchaînent et nous empêchent de réagir contre nos adversaires !

2º Les plus malfaisantes de ces lois continuent à agir, quelles que soient les intentions des ministères successifs. Au moment des accalmies apparentes, nous avons eu trop de confiance, les écoles athées fonctionnaient sans arrêt ; on préparait les dossiers contre *les Ordres religieux, et l'attribution des biens ecclésiastiques se poursuivait sournoisement et sûrement.*

3° Cette politique encourage nos adversaires qui, comptant sur notre résignation et notre passivité, se livrent chaque jour à de nouveaux attentats contre l'Eglise. En somme, les lois de laïcité se sont multipliées au point de réduire chaque jour davantage la reconnaissance du domaine divin sur nous et le champ de nos droits et de nos libertés. Ces pensées frapperont singulièrement quiconque se rappellera la série des lois dont nous sommes les victimes, quiconque invoquera le témoignage de l'histoire pendant le dernier demi-siècle.

C'est pourquoi la majorité des catholiques vraiment attachés à leur foi demande qu'on adopte une attitude plus militante et plus énergique. Elle demande que sur tous les terrains, dans toutes les régions du pays, on déclare ouvertement et unanimement la guerre au laïcisme et à ses principes jusqu'à l'abolition des lois iniques qui en émanent ; que, pour réussir, on se serve de toutes les armes légitimes.

La déclaration énumère ensuite les moyens d'action contre les lois laïques. Puis elle conclut :

Les révolutionnaires multiplient les démarches, voire les grèves ; ils assiègent et ils harcèlent le gouvernement qui, presque toujours, finit par céder à leurs instances. Pourquoi, autant que nous le permettent notre morale, notre dignité, notre amour de la paix fondée sur la justice et la charité, ne les imiterions-nous pas, afin d'effacer de notre code les lois qui, suivant l'énergique parole d'un de nos évêques, « nous mènent du laïcisme au paganisme » ?

Assurément, l'œuvre est immense et difficile, mais le propre de la vertu de force est d'affronter les obstacles et de braver les dangers. De plus, nous disposons de troupes dont le nombre et le courage égalent au moins le nombre et le courage des autres groupements, car une multitude de chrétiens, à compter seulement ceux qui sont fervents et agissants, sont impatients d'engager la lutte. Nos cadres — paroisses, diocèses, provinces ecclésiastiques, — sont préparés. Ce qui a trop manqué jusqu'ici aux catholiques, c'est l'unité, la concentration, l'harmonie, l'organisation des efforts. N'auront-ils pas assez d'abnégation pour former un corps compact qui travaillera avec ensemble sous la direction de leurs supérieurs hiérarchiques ? On dira que cette attitude nous ex-

pose à des retours offensifs et impitoyables de nos adversaires. Ce n'est pas certain ; en tout cas, à quelles calamités ne nous expose pas l'attitude contraire ? Quel avenir nous attend si, satisfaits d'une légère et artificielle détente, nous nous endormons ? Jamais peut-être, depuis cinquante ans, l'heure n'a paru aussi propice. A la laisser passer sans en profiter, il semble bien que nous trahissons la Providence.

***

Quel réconfort pour les âmes droites que ces magnifiques paroles qui disent si nettement le vrai ! Quelle reconnaissance nous devons à nos chefs pour nous avoir indiqué le chemin à suivre, le chemin de lumière, celui qui passe loin des sables mouvants et des landes mal famées où se fourvoie le libéralisme !

Célébrant cette Déclaration, M. Robert Havard a eu raison d'écrire : « Elle est une charte précieuse, si l'on en tient compte pratiquement, si l'on ne l'étouffe pas sous des équivoques. Nul document n'est plus propre à instaurer la discipline des catholiques, par-dessus leurs divergences politiques. Au seuil de l'autre camp, on a disposé, comme pierre de touche, les lois intangibles et la laïcité de l'Etat.

Nous voudrions que, chez les catholiques, la Déclaration de leurs pasteurs spirituels jouât le même rôle, c'est-à-dire qu'elle servît à les grouper en un seul faisceau » (1).

Quant à moi, mon choix est fait. Un ange m'apparaîtrait pour m'enjoindre d'apporter mon suffrage aux libéraux qui acceptent les lois laïques, m'appuyant sur la Déclaration, je lui répondrais comme sainte Angèle de Foligno : « — Je te connais : c'est toi qui es tombé du Ciel ! »

(1) Article publié dans le journal *Rome* n⁰ du 1ᵉʳ Août 1925. On ne saurait trop recommander la lecture de cette feuille. Le libéralisme y est combattu sans cesse avec des arguments aussi judicieux que solides en doctrine,

LES DISCIPLES D'EMMAÜS

Jésus feignit d'aller plus loin ; mais ils le pressèrent, disant : « Reste avec nous car le soir arrive et le jour est déjà sur son déclin... »

*Notre cœur n'était-il pas tout brûlant au dedans de nous, pendant qu'il nous parlait sur le chemin ?.. (*Saint Luc, xxiv).

« Les faits de la vie de Jésus continuent, chaque jour, à se reproduire sous nos yeux. Le voile du temple se déchire chaque jour devant le regard des croyants afin qu'ils puissent contempler les mystères de la foi. Comme la terre tremblait devant la majesté du Crucifié, la chair tremble sous l'impression des paroles et des choses nouvelles que nous apporte Jésus-Christ. Les pierres se brisent : des cœurs qui étaient durs comme pierre se brisent par la contrition. Semblables, jusque-là, à des tombeaux pleins de corruption, ils vont être débordants de vie ; ils vont rendre gloire au Créateur. Les tombeaux s'ouvrent, ces tombeaux qui contenaient des âmes mortes à la loi divine. Ces àmes sortent d'elles-mêmes, elles suivent Jésus et elles marchent dans une nouvelle vie. »

Ainsi parlait Origène. Ainsi Jésus se manifeste aux âmes qui le cherchent à travers cette vie transitoire et se manifestera aux âmes qui le chercheront — jusqu'à la fin du monde. Il n'est pas un verset de l'Evangile où nous ne puissions constater que tous les épisodes de son passage sur la terre, toutes les phrases prononcées par Lui se répètent quotidiennement. Non seulement son verbe et ses actes nous instruisent et nous émeuvent mais encore ils prenent une valeur de symbole perpétuel pour les contemplatifs.

Tant que nous attachons de l'importance aux illusions d'ici-bas, nous sommes pareils à d'étranges convives aux noces de Cana qui estimeraient *le moins bon vin* si délectable qu'ils ne se soucieraient pas du vin miraculeux que leur offre Jésus. Au contraire, dès que nous comprenons ceci : Rien n'a d'importance hormis la Sainte Trinité, nous écartons tout ce qui n'est pas ce breuvage incomparable, la Grâce illuminante par quoi le spectacle du monde ne nous présente plus que l'image, perçue « comme dans un miroir », de la vie intérieure.

Alors nous obéissons joyeusement à la

Sainte Vierge qui nous prescrit : « Tout ce qu'il vous dira, faites-le ». Et nous méritons de nous écrier après elle : « Il crée en moi de grande choses, Celui qui est la Puissance ! »

**

Il y a des heures aussi où nous sommes les disciples d'Emmaüs...

Je me souviens : j'étais à Paray-le-Monial, occupé à écrire la vie de Sainte Marguerite-Marie. Des jours vinrent où j'éprouvai de ces crises d'aridité qui portent à prendre l'apparence pour la réalité. Privé, pour un temps, du sentiment que Jésus rayonne au centre de l'âme éprise de le servir, j'errais dans le désert par une nuit très obscure.

Une bise incessante me cinglait et je me traînais en grelottant le long d'une route rocailleuse qui me semblait n'aller nulle part. A cause de toute cette ombre qui pesait sur moi — qui régnait en moi — je ne distinguais rien des formes alentour. J'avais seulement l'impression de m'enfoncer dans une solitude stérile dont je n'atteindrais jamais la limite. Tantôt j'étais si las que j'avais peine à poser un pied devant l'autre. Tantôt je m'efforçais de presser le pas, m'imaginant qu'ainsi je parviendrais à l'extrémité de cette morne étendue et que, là-bas, je retrouverais ma Lumière. Mais je me décourageais vite et alors je devenais immobile à ouïr, avec angoisse, les houles de ce vent lugubre qui ricanait comme un démon. Et, triste hors de toute mesure, je me répétais : Jésus est mort en moi. Il ne ressuscitera pas...

Or, comme j'allais m'étendre sur les pierres du chemin et laisser mon âme se dissoudre dans la désespérance, voici qu'il y eut quelqu'un d'invisible près de moi qui me parlait de telle sorte que je dus me remettre en marche à côté de lui, avec l'instinct que l'accompagner me serait salutaire. Quels furent ses propos ? —Je ne puis qu'en résumer la substance.

Il me disait : — Ce Jésus que tu regrettes, n'as-tu pas fait l'expérience qu'il se donne, quand il le juge à propos, à ceux qui ne l'attendaient pas ? Sais-tu si, en ce moment, ce n'est pas pour t'apprendre ta misère sans lui qu'il semble t'avoir abandonné ?

Il me disait encore : — Si tu te cherches, tu ne te trouveras pas. Si tu cherches Jésus, tu le trouveras là même où tu n'aurais pas cru qu'il pût être. Mais, pour cela, il faut ne penser qu'à lui et non t'apitoyer sur ta médiocre personne.

Ensuite il me rappela tout ce que Jésus avait fait pour moi depuis ma rédemption. Puis il s'arrêta et me regarda bien en face. En même temps, l'obscurité se dissipa, l'espace d'une minute, et le désert m'apparut comme une campagne en fleurs sous un soleil d'été. Mon compagnon de route se rendit visible aux yeux de mon âme. Il souriait... Ah ! je reconnus ce sourire : c'était celui du Bon Maître.

Puis le soleil se cacha derrière l'horizon et l'ombre envahit de nouveau la plaine. Je m'écriai : — Seigneur, reste avec moi. Vois, dès que tu t'éloignes, le jour décline et la nuit froide commence à ressaisir mon âme. Que suis-je en ton absence ?

Je crus l'entendre me répondre : — Je ne m'absente pas ; je suis avec toi *surtout* lorsque je semble t'enlever ma présence. Reprends ta route avec la seule volonté de me chercher quoi qu'il t'arrive. Et le soleil reviendra...

Il cessa de m'être sensible mais je me trouvais tout consolé car je venais d'apprendre à L'aimer pour lui-même et non pour le plaisir égoïste de me prélasser, sans abnégation, dans sa Lumière.

*
* *

Durant ce même séjour à Paray, je me liai avec un homme d'une quarantaine d'années que nous appellerons Radius. La plus étrange et la plus sublime des aventures venait de le conquérir à Jésus, sans aucun intermédiaire. Voici, très simplement et très brièvement, son histoire.

Né dans une famille pieuse, il avait perdu la foi et abandonné toute pratique dès sa jeunesse. Il ne manifestait pas d'hostilité formelle à l'Eglise et il s'appliquait à observer un silence ironique lorsqu'on parlait des choses saintes en sa présence. Mais, aux profondeurs de son âme, il nourrissait un sentiment d'aversion d'une rare intensité contre la Révélation.

Il me disait par la suite : — La pensée que des gens puissent se faire une conception surnaturelle de l'univers, croire, prier, me mettait en colère. J'aurais voulu leur enlever l'espérance, les convaincre que, selon l'aphorisme d'un émule de Schopenhauer, la vie de l'homme doit se définir: « Un cauchemar entre deux néants ». Dailleurs si je m'abstenais de propager, de bouche, parmi les nombreux catholiques avec lesquels j'étais en relations, cette lugubre doctrine, cela ne m'empêchait pas d'assembler des notes pour un livre où je comptais démontrer, d'une façon que je m'imaginais irréfutable, la non-existence de Dieu.

Il sied d'ajouter que cet état d'âme incarcérait Radius dans une geôle de tristesse dont l'esprit de négation tenait la porte soigneusement close. Vivre le dégoûtait à ce point qu'il rêvait de suicide.

Il en va souvent aussi chez ceux qui, d'une volonté délibérée, se ferment à la Grâce. Sous l'influence du Mauvais, cette perversité qui, depuis le péché originel, fait le fond de la nature humaine, produit en eux toutes ses conséquences. Non seulement elle les pousse à détourner les âmes de la Voie unique mais encore elle les incite à se détruire eux-mêmes.

Radius en était là quand, du jour au lendemain, tout changea. Il a plu à Notre-Seigneur que je sois mêlé à beaucoup de conversions ; celle-ci est la seule où j'eus à constater un retour à Dieu aussi soudain. D'habitude, le passage d'une âme de l'incrédulité totale à la foi prend un laps de temps assez considérable : des mois ou des années. Il y a des luttes, des alternatives de révolte et de soumission. Chez Radius, rien de pareil : son cas rappelle le foudroiement de Saint Paul sur le chemin de Damas.

Par suite de circonstances que les esprits irréfléchis attribueraient au hasard — mais le mot hasard ne représente nulle réalité — Radius entretenait des relations suivies avec un prêtre en résidence provisoire à Paray. Précisons que leurs entrevues n'étaient motivées que par des intérêts d'ordre purement matériel. Jamais la question religieuse n'avait été soulevée entre eux.

Or, un matin d'hiver, Radius eut une communication urgente à faire à cet ecclésiastique. Il se rendit à l'hôtel où celui-ci était descendu. Là, on lui dit qu'il le trouverait à la sacristie de la chapelle des Visitandines qui est, comme on le sait, le sanctuaire où Jésus apparut à Sainte Marguerite-Marie pour lui révéler le Sacré-Cœur.

Uniquement préoccupé de l'objet profane de sa visite, Radius se rendit à la chapelle et traversa rapidement la nef. Il passait à gauche du maître-autel pour atteindre la porte de la sacristie lorsque, subitement, il ressentit comme un choc au cœur. En même temps le sentiment de la présence de Dieu l'envahit et l'inonda de lumière. Il reçut la foi intégrale, d'un coup et — à fond.

Me racontant, plus tard, le miracle, il me disait : — Oui, c'est bien ainsi que la chose arriva. Une seconde auparavant, je ne croyais à rien, absolument à rien ; impossible d'être moins préparé à cette transfiguration de mon âme car si quelqu'un m'avait prédit la veille ou à mon lever, ce matin-là, que j'allais être converti, je lui aurais ri au nez...

La victoire de la Grâce fut tellement entière que l'idée ne lui vint même pas de résister. Il se confessa, il communia puis, sur le conseil du prêtre qui l'avait réconcilié, il alla faire une retraite de quinze jours à la Trappe de Septfons, située entre Paray et Moulins.

Lors d'un de mes séjours fréquents en cette sainte maison, j'ai appris du religieux qu'on lui avait désigné pour directeur que l'adhésion de Radius aux vérités révélées était si solide qu'il avait eu seulement à lui donner quelques avis pour le règlement de sa nouvelle existence.

Et c'est ainsi que l'athée militant d'hier est devenu le catholique fervent qu'il n'a cessé d'être.

*
* *

Voiçi maintenant comment l'amitié naquit entre Radius et moi. Nous prenions pension au même hôtel mais lui mangeait à la table d'hôte tandis que, par goût de l'isolement, je me faisais servir à une petite table, dans un coin de la salle. Il en résulta que nous fûmes plusieurs semaines sans nous parler autrement que pour échanger quelques phrases de politesse. Ce fut sainte Térèse qui nous fournit l'occasion de mieux nous connaître (1). — Radius avait coutume d'apporter aux repas un

(1) Il sied peut-être de spécifier, pour les personnes peu au courant de l'hagiographie, qu'il existe deux Saintes de ce nom : la petite, celle de Lisieux, et la Grande, la réformatrice du Carmel celle que l'Eglise qualifie : « docteur en Mystique ». C'est de cette dernière qu'il est question dans ce chapitre comme, du reste, dans tout le volume.

livre qu'il plaçait à côté de son assiette et où il s'absorbait sans grand souci des vagues nourritures qui nous étaient distribuées.

Soit dit en passant, cette façon d'agir choquait grandement les pèlerins huppés et gourmés qui se succédaient dans ce pieux caravansérail. Ils estimaient, sans doute, que nulle lecture, fût-elle de religion, ne valait qu'on négligeât de paraître s'intéresser aux propos incolores où ils se confinaient sous prétexte de « bon ton ». Radius était donc peu considéré. Moi aussi, vu le soin que je prenais de me tenir à l'écart. Mais combien cela nous était égal !

Déjà, l'attitude de Radius me portait à le juger sympathique. Et puis je grillais de savoir quel était l'écrivain qui l'accaparait de la sorte. Certain jour, je ne pus réprimer ma curiosité. Comme j'avais fini de manger quelques minutes avant lui, quittant le réfectoire, je m'arrangeai pour frôler la table d'hôte et me pencher par-dessus l'épaule de Radius. Je lus le titre du volume. C'était le *Château intérieur*, c'est-à-dire un des chefs-d'œuvre où sainte Térèse a rassemblé, pour les âmes vraiment éprises de Notre-Seigneur, les fruits les plus précieux de son expérience. Que Radius eût de la prédilection pour cette Reine des contemplatifs, cela me causa un indicible plaisir. Je m'écriai : — Ah ! vous aimez sainte Térèse !... Vous avez rudement raison !...

Radius ne s'offusqua pas de mon indiscrétion. Au contraire, il me suivit dehors et nous engageâmes une conversation qui se prolongea une partie de la journée. De là, notre bonne entente, qui, depuis, n'a fait que se consolider.

***

J'habitais presque en face du Carmel, en haut de cette superbe avenue de vieux platanes qui sort de la ville pour conduire à Charolles, le long du Val d'Or. Tous les matins, j'allais entendre la messe à la chapelle des Clarisses, asile de la Sainte Pauvreté. tabernacle d'holocauste et d'oraison perpétuelle où j'ai reçu quelques-unes des plus grandes grâces dont Dieu ait daigné combler son infime serviteur.

Quoiqu'il logeât à l'autre extrémité de Paray, Radius venait assez souvent à cette messe et ce nous était une occasion d'échanger quelques mots à la sortie. Mais chez moi surtout, nous avions la facilité de causer plus longuement. Toute la journée, Radius était retenu par des occupations fort astreignantes. De mon côté, bien que peu valide, je rédigeais cette vie de Marguerite-Marie qui, disent certaines âmes indulgentes, ne dessert pas trop la mémoire de la Sainte. Dès la nuit tombée, je me mettais au lit, d'abord parce que l'effort cérébral qu'exigeait ce travail difficile me fatiguait beaucoup et aussi pour économiser les frais de chauffage. Car cela se passait aux dernières semaines de la guerre et vers le temps de l'armistice. Le combustible était rare, coûtait cher et l'exiguité de mes ressources ne me permettait pas de le renouveler à volonté. Je ne garnissais donc mon poêle que pendant deux ou trois heures par jour au plus.

Radius me rendait visite à peu près tous les soirs Il s'asseyait à mon chevet et nous dialoguions sur les splendeurs de Dieu, c'est-à-dire sur le sujet qui intéresse, avant tout, les âmes de bonne volonté.

Je me souviens d'un colloque où mon ami me parla de la flamme surnaturelle qu'il sentait s'aviver sans cesse en lui. Elle s'épanouissait avec tant d'ardeur, qu'elle le maintenait dans un état de combustion qui allait parfois jusqu'à la souffrance physique.

— Telles sont les marques de l'amour de Jésus, lui dis-je. Tu entres, en ce moment, dans la première phase de la vie illuminative qui s'accompagne toujours d'un embrasement de l'âme si intense que le corps en éprouve les effets. N'étant pas habitué à ce divin calorique, Frère Ane — comme disait saint François d'Assise — proteste. Trouves-tu qu'il ait raison ?

— Pas le moins du monde, répartit Radius, je suis trop heureux de cette souffrance, d'autant qu'elle coïncide avec une allégresse d'âme qui, j'en ai l'intuition, me tient tout proche du Sacré-Cœur.

— Non seulement tout proche, repris-je, mais *en contact* avec Lui. D'ailleurs, ce n'est pas étonnant. C'est par l'action directe, instantanée, exclusive du Sacré-Cœur que s'opéra ta conversion. Il est donc normal qu'il prolonge la Grâce sensible Je son effusion en toi. Tu es le disciple d'Emmaüs, après que « ses yeux se furent ouverts ». Comme lui, à cause de Jésus présent dans ton âme, tu t'écries : « *Il est venu sur mon chemin ; mon cœur en est tout brûlant dans ma poitrine* ». Tu avanceras, tu *monteras* parmi des joies et des souffrances simultanées et de plus en plus pénétrantes. Car il semble admissible que te voici l'un de ces contemplatifs qui peuvent s'appliquer les exclamations adorantes par quoi se conclut le *Gloria* de la messe. *Tu solus Sanctus*, toi, seul, ô mon Dieu, tu es la Sainteté qui me purifie du péché où je croupissais en rébellion contre toi. *Tu solus Dominus*, toi seul tu es le Maître qui enseigne mon âme obscure en l'illuminant de ta Grâce. *Tu solus Altissimus*, toi seul, tu es le Très-Haut qui m'attirera des pentes de la montagne jusqu'au sommet, afin que, si je reste digne de mériter tes complaisances miséricordieuses, j'aspire à l'union dès ici-bas avec ton essence. Oui, ces trois clameurs expriment les bonds successifs de l'âme que Dieu mène par la vie purgative et par la vie illuminative à la vie unitive sur la cime où elle se fond dans la Lumière incréée. Mais ne t'y trompe pas. Si tu es appelé à cette ascension, tu subiras de dures épreuve. Souviens-toi de ce que dit sainte Térèse : « Il ne faut pas envier les contemplatifs car ils paient, par des souffrances indicibles, le privilège de suivre Jésus partout où il va ».

Beaucoup s'arrêtent en route et renoncent à persévérer jusqu'à l'auberge d'Emmaüs où Notre-Seigneur romprait le pain avec eux. Seras-tu de ceux-là ?

— Je ne sais, répondit humblement Radius, je sais que j'aime Notre-Seigneur jusqu'à mourir pour Lui s'il était nécessaire et que j'envisage désormais l'existence comme une œuvre de sacrifice.

— Alors, repris-je, il est à conjecturer que, comme je le fais moi-même, tu auras des périodes d'hésitation et de défaillance, mais que tu les surmonteras pour reprendre ta route

vers la cime, les yeux fixés sur ce soleil incomparable : le Sacré-Cœur. Notre mot d'ordre
c'est : espérance invincible...

Ainsi nous échangions nos pensées, et nous
y trouvions tant d'attrait que, souvent, il nous
arrivait d'oublier la fuite des heures. Pour
nous en rendre la notion, il fallait que la
cloche, si frêle et si pure, du monastère des
Clarisses commençât de sonner Matines. Il
était minuit. Nous nous séparions ; et je m'en-
dormais paisiblement sous l'égide des prières
de ces saintes Moniales.

LES DEUX RÉCITS DU CURÉ

> *Hic est vir caritatis cujus
> pietates non defuerunt.*
>
> LIBER SAPIENTIÆ.

LE CURÉ DE GOUGNY-EN-BIERRE

Les récits qu'on va lire ne sont pas des fictions : ils narrent des faits réels. Mais les personnages qu'ils mettent en scène ayant existé ou existant encore, pour des raisons faciles à comprendre, on a changé quelques noms, et, de même, on a modifié ceux des villages où les événements se sont passés. Pour le surplus, tout est exact et rapporté aussi fidèlement que possible.

L'abbé Moret fut nommé à la cure de Gougny-en-Bierre dans des circonstances assez difficiles. Le prêtre auquel il succédait avait quitté le pays à la suite d'incidents qu'il vaut mieux ne pas spécifier. Et, comme il arrive à la campagne aussi bien qu'à la ville, les habitants de cette grosse commune, déjà peu pratiquants, s'autorisèrent de cette fuite pour décrier le clergé en général et pour s'ancrer dans leurs préventions contre l'Eglise.

L'évêque du diocèse se rendait compte de l'importance qu'il y avait à désigner pour cette paroisse en perdition un desservant qui fît oublier les souvenirs fâcheux laissés par le précédent titulaire. Après réflexion et enquête, son choix se porta sur l'abbé Moret. Celui-ci était alors professeur au petit séminaire. Son esprit surnaturel, ses mœurs, ses vertus, son zèle sacerdotal l'avaient fait estimer de tous. Ses collègues l'appréciaient à sa valeur ; ses élèves lui témoignaient une respectueuse affection ; parmi les fidèles, on l'estimait grandement. L'évêque, lui aussi, distinguait ce vaillant serviteur de Jésus-Christ et s'il différa quelque temps de l'envoyer à Gougny-en-Bierre, ce fut parce qu'il hésitait à priver son séminaire d'un éducateur aussi accompli. D'ailleurs, il ne lui imposa par sa nomination. L'ayant convoqué en audience particulière, il ne lui dissimula point les obstacles spéciaux que présentait l'exercice du ministère dans ce village et il conclut : — Je ne m'adresse pas à votre obéissance dont je suis sûr ; je vous demande du dévouement et un pénible sacrifice. Le malheureux que vous remplacerez a mis les choses dans un si triste état que le soin de reconquérir à Dieu vos paroissiens exigera de vous une rare abnégation. Si, toutefois, vous avez des motifs de refuser ce poste de combat, je n'insisterai pas, car je vous connais assez pour admettre qu'ils seront sérieux et que vous n'avez en vue que le bien de l'Eglise. Je vous accorde deux jours de réflexion.

L'abbé Moret employa ce délai à s'examiner devant Dieu. Il m'a dit depuis que la décision lui avait extrêmement coûté à prendre parce qu'il craignait de ne posséder aucunement les qualités propres à réussir dans la tâche qui lui était présentée. Ceci est tout à l'honneur de son humilité, puisque ces dons existaient en lui à un haut degré comme le prouvèrent les ré-sultats qu'il obtint par la suite. Il eut quarante-huit heures d'angoisse et de prières, puis il sentit que son devoir était là et son parti fut pris. Très triste mais plein de résolution, il se rendit chez l'évêque et lui déclara très simple-ment qu'il acceptait, sans réticences, sa nomi-nation.

Il faudrait un volume pour exposer dans le détail l'apostolat de l'abbé Moret. D'abord la paroisse était fort étendue : neuf cents âmes à Gougny même, plusieurs hameaux dépendant de la commune et situés assez loin les uns des autres, Macherin, un binage à deux kilo-mètres et comprenant trois cents âmes.

Ensuite, partout, une hostilité affichée ou sournoise. Une poignée de croyants sincères s'affligeaient de constater cette malveillance presque unanime. Mais, timides, paralysés par le respect humain, ils semblaient s'y asso-cier en manquant la messe et en se gardant de mettre les pieds au presbytère. L'abbé

Moret sut leur inculquer qu'ils avaient le devoir d'affirmer leur foi et de démontrer par leur exemple qu'il était absurde autant qu'injuste de faire supporter à la religion la peine des fautes commises par un prêtre dévoyé. Il sut si fortement toucher ces âmes en désarroi, stimuler chez elles la piété agissante qu'il eut assez vite un noyau de partisans qui lui devinrent des auxiliaires. Peu à peu son influence s'accrut ; bientôt son labeur continuel et l'ascétisme exemplaire qui réglait sa vie lui amenèrent nombre de ses paroissiens, même parmi ceux qui s'étaient montrés d'abord les plus récalcitrants. Comme on l'observait de fort près, on ne tarda pas à remarquer que s'il se refusait tout bien-être, son austérité personnelle ne l'empêchait pas de compatir aux souffrances de ses ouailles et de leur montrer une affection sans limites. Le jugement porté sur lui se formula en ces termes : — Notre nouveau curé est dur pour lui-même mais combien il est doux aux autres !

Ce qui contribua beaucoup à lui ouvrir les cœurs c'est qu'ayant apporté avec lui une certaine fortune, il la dépensa jusqu'au dernier sou pour le bien de la paroisse. Non seulement l'église fut réparée et les ornements du culte augmentés et embellis, mais il fonda un dispensaire où des secours, des remèdes et des consultations médicales furent donnés gratuitement aux pauvres. Puis il bâtit un ouvroir et il réussit à y grouper les jeunes filles pour des travaux de couture destinés à des œuvres charitables. Un peu plus tard, il institua pour les jeunes gens une société de tir dont il fournit le matériel.

On n'énumère ici que les plus apparents de ses bienfaits. Mais il importe d'ajouter que ses aumônes atteignirent les détresses les plus cachées, que son dévouement à tous était infatigable et que, ne s'absentant jamais, il employait toutes ses journées et ses veilles à semer l'esprit de l'Evangile dans les âmes dont il se sentait comptable devant Dieu. Sa mansuétude coutumière ne l'empêchait d'ailleurs pas de montrer de la fermeté lorsque la chose était à propos. C'est ainsi qu'il réprima le pharisaïsme de quelques dévotes au vinaigre qui, se croyant mandatées pour censurer les faiblesses du prochain, lui commentaient la chronique scandaleuse de la région. Sourd à leurs ragots, il leur imposa silence et leur fit comprendre qu'elles n'auraient pas d'influence sur lui. Plusieurs lui en gardèrent rancune et ne s'abstinrent pas de le critiquer avec fiel. Mais, pareil à tous les bons prêtres, il supporta ces avanies comme une tribulation propre à développer en lui la vertu de patience.

Tels furent les traits essentiels de son action. Elle se montra efficace au point, que dix ans plus tard, même les incrédules s'écriaient : — Ah ! si tous les curés ressemblaient à l'abbé Moret !... Les croyants disaient : — Avant lui, la paroisse de Gougny-en-Bierre était comptée parmi les plus irréligieuses du diocèse. Voyez comme il l'a régénérée... Et les fidèles ayant absolument le droit de juger leur clergé à la mesure de son zèle au service de Notre-Seigneur, ils ajoutaient : — Combien devraient l'imiter qui, placés dans des conditions analogues, se contentent de gémir en se croisant les bras et abandonnant tout à vau-l'eau. Que Dieu nous envoie beaucoup d'abbés Moret !..

Le prêtre doit être un homme d'abnégation et de sacrifice perpétuel. S'il se borne à distribuer les sacrements comme un rond-de-cuir distribue des papiers administratifs derrière un guichet, il manque à sa vocation. L'abbé Moret n'y manquait pas. Grâce à Dieu, il a encore passablement d'émules dans ce pays de mission que devient de plus en plus la pauvre France. L'inertie sacerdotale reste l'exception. Néanmoins, il n'y aura jamais assez d'apôtres voués ardemment au salut des âmes. Aussi quelle joie l'on éprouve à décrire l'œuvre de l'abbé Moret et avec quel empressement on la met en évidence !

Voici comment je connus ce prêtre de choix.
Je résidais à Arbonne, village situé, comme
Gougny, contre la lisière ouest de la forêt de
Fontainebleau. Six kilomètres environ sépa-
raient les deux communes. Je vivais très solitaire, rédigeant mon livre *Du Diable à Dieu* et
ne sortant que pour monter à la chapelle de
Cornebiche qui joua un rôle si décisif dans ma
conversion et pour me livrer à de longues
promenades sous bois. Ces courses méditatives
avaient pour moi un grand charme, d'autant
que, depuis toujours, je préfère la société des
arbres à celle de la plupart des hommes. Et
puis l'oraison s'élève si librement vers Dieu
dans le silence de la forêt !

Comme quiconque à la ronde, j'avais entendu parler avec éloge de l'abbé Moret mais
je ne le connaissais pas personnellement.
Notre première rencontre eut lieu dans un sentier qui traverse le bornage sur le territoire
de Macherin. Il venait à ma rencontre, li-
sant son bréviaire. Quand nous fûmes sur le
point de nous croiser, je mis la main au chapeau pour le saluer. Mais il s'arrêta et, ayant
oublié sa montre au presbytère, me demanda
l'heure. Je le renseignai puis nous échan-
geâmes quelques phrases. Il se nomma, je fis
de même et il me dit qu'il était au courant du
motif de ma retraite en Arbonne. Tout de suite

j'éprouvai de la sympathie pour lui et j'ai su que, de son côté, il me prit en gré. J'aimais la pureté lumineuse de son regard magnifiant un visage plutôt ingrat, son élocution virile, sans afféterie ni papelardise, sa science des âmes et surtout sa façon nette de mettre en valeur le sens surnaturel de notre existence sur terre. Je crois pouvoir affirmer qu'en retour, la « sauvagerie » qui me tient à l'écart des agitations mondaines ne lui parut point blâmable. Bref, de ce jour une liaison se forma entre nous. J'allais le voir assez souvent. Et c'est au cours de nos causeries que j'ai recueilli de sa bouche les événements rapportés ci-dessous.

NOTE

Puisqu'au cours des lignes précédentes j'ai nommé Cornebiche, qu'il me soit permis de formuler un éclaircissement au sujet de cette colline où — comme le savent mes lecteurs — s'élève une tour dont l'intérieur contient un autel et que surmonte une statue de la Sainte Vierge. La publication de *Du Diable à Dieu* y attira et y attire encore un certain nombre de visiteurs. Or, plusieurs personnes m'ont écrit pour s'étonner que le site et ses abords ne correspondissent que partiellement à la description donnée dans mon livre. La chose s'explique pourtant sans peine. En 1906, Cornebiche était fort ignoré. Le sentier qui aboutit au sommet de la colline, tout à fait dégradé, gravissait la pente à travers un pêlemêle de rocs éboulés et d'arbres tombés. L'escalade en était donc très ardue. De plus la *plattière* où se trouve la chapelle était parsemée de jeunes bouleaux dont le peu d'élévation ne dissimulait pas le paysage alentour. Mais, depuis, les habitants d'Arbonne ont réparé le sentier, enlevé les obstacles qui le barraient presque à chaque pas. En outre, les bouleaux ont poussé. Ils forment un taillis épais qui arrête le regard à quelques mètres. Il est donc facile de comprendre que ma description, datant d'une vingtaine d'années, ne s'applique plus à l'itinéraire et à l'aspect actuel de Cornebiche.

UNE FEMME PRATIQUE

Une après-midi de printemps, l'abbé et moi, nous déambulions à travers la forêt. Quoiqu'il l'aimât beaucoup, ce n'était pas souvent que mon saint ami pouvait se donner cette récréation. Journellement, les mille occupations où l'absorbait l'exercice fervent de son ministère ne lui laissaient point de loisir. Il fallut même qu'il eût à visiter la femme souffrante d'un garde dont la maisonnette se trouvait à proximité de la futaie du Bas-Bréau pour qu'il consentît à m'accompagner. Son office charitable une fois rempli, je parvins à lui persuader de faire, en ma compagnie, un détour sous les arbres avant de regagner le village par le plus long. Le soleil trempait d'or fluide les frondaisons. Des souffles tièdes caressaient la tendre verdure des feuillages nouveau-nés. Un parfum de miel, avec une fine pointe d'amertume, s'exhalait des aubépines en fleurs. Comme c'était le temps de Pâques, la joie de la Résurrection se mêlait dans nos âmes au plaisir de nous imprégner de la jeune lumière qui se jouait parmi les ramures et de respirer cette atmosphère fortifiante, Je me sentais tout heureux de constater que notre flânerie faisait du bien au cher Curé. Un sang plus vif colorait ses joues d'ordinaire fort pâles ; sa haute taille, un peu voûtée par des fatigues excessives, se redressait ; il marchait d'un pas allègre en échangeant avec moi les plus gais propos.

Comme nous revenions par la belle route, ombragée de hêtres et de chênes centenaires, qui conduit à Fontainebleau, nous vîmes venir à notre rencontre une dame portant un petit panier au bras. Dès qu'elle approcha, je distinguai, à sa toilette et à son chapeau, que ce n'était pas une paysanne en quête de bois mort ou de champignons hâtifs. Elle avançait avec nonchalance et se baissait parfois pour cueillir sur le bord du chemin des campanules et des anémones. Or, aussitôt qu'à quelque distance elle eût reconnu l'abbé Moret, elle s'arrêta net, se consulta un moment puis, hâtant son allure, se jeta dans un sentier de traverse qui s'enfonçait au cœur du taillis. Il était évident qu'elle fuyait le prêtre.

— Hé, dis-je, monsieur le Curé, voilà une personne qui ne semble pas du tout disposée à vous adresser la parole !

L'abbé Moret eut un sourire triste : — Je la connais bien, dit-il, c'est Mme veuve Marival et j'ai, en effet, des raisons de savoir que ma présence lui est désagréable.

Il se tut et s'absorba dans une rêverie qui lui assombrissait le visage. Conjecturant qu'il y avait là quelque secret ressortissant à sa fonction, je m'abstins de le questionner et nous fîmes quelques centaines de mètres en silence. Alors, esquissant un geste comme pour écarter une idée pénible, le Curé reprit : — Je ne vois pas pourquoi j'hésiterais à vous confier le motif de l'aversion que Mme Maival nourrit à mon égard. La chose ne relève nullement du confessionnal et elle porte sur de déplorables états d'âme. Je vais donc vous la conter en vous priant de n'en point épiloguer dans le pays.

— Cela va sans dire, répliquai-je.

— Il y a quatre ans, commença le Curé, un ménage bourgeois sans enfants, les Marival, arrivant de Paris et ayant acheté une maison confortable à Gougny, s'y installa avec un mobilier qui indiquait de l'aisance. Ils vinrent d'abord assez régulièrement à la grand'messe le dimanche. Ainsi que j'en ai l'habitude pour tous mes paroissiens, à moins que ceux-ci ne me fassent entendre sans ambages qu'ils ne désirent pas de relations avec moi, je me présentai chez les Marival. Je fus reçu d'une manière affable et même empressée par le mari, Quant à la femme, elle ne me témoigna qu'une politesse sèche qui me donna l'impression qu'elle se tenait en garde contre la soutane. Il y avait quelque chose de si méfiant et, à la fois, de si astucieux dans son regard ! A divers indices, je découvris que c'était elle qui exerçait l'autorité dans la maison ; comme on dit vulgairement, « elle portait les culottes ». M. Marival pliait sous elle. Toutefois, s'il ne la contredisait jamais, s'il semblait approuver les aphorismes sèchement positifs qu'elle émettait, je remarquai qu'il lançait parfois, à la dérobée, de son côté des coups d'œil où se peignait plus de crainte et de timide révolte que d'affection conjugale. Bref, j'eus lieu de me convaincre qu'il devait exister entre eux un sujet de dissentiment qui, pour ne pas s'afficher en public, amenait peut-être des heurts dans le tête-à-tête. Plusieurs faits me confirmèrent, depuis, le bien-fondé de cette induction. Par exemple, au bout de quelques mois Mme Marival ne parut plus à l'église qu'aux grandes fêtes. Encore était-il visible que le souci d'observer les convenances avait plus de part à cette ponctualité très relative que la notion d'un devoir de piété à remplir. En somme, elle rendait au Bon Dieu des visites espacées pour l'apparence de même qu'elle échangeait des politesses cérémonieuses avec les quelques dames notables de la commune. Cela l'ennuyait mais c'était « comme il faut » et faisait partie des conventions sociales. Elle s'y adaptait donc pour ne pas encourir le reproche de singularité. — Rien de plus.

Au contraire, M. Marival devint de plus en plus pratiquant. Non seulement il se montrait fort exact à la messe du dimanche mais j'eus le plaisir de le compter parmi les assistants aux messes de la semaine. La chose se fit assez rapidement. D'abord il occupa son prie-Dieu un ou deux matins, puis ce fut bientôt tous les jours. Son attitude était fort recueillie et j'étais édifié par l'attention avec laquelle il suivait le Saint-Sacrifice. Vous savez : certaines expressions de physionomie ne sauraient leurrer un prêtre nanti de quelque expérience. Cependant j'observai aussi qu'il ne se confessait ni ne communiait. Même point à Pâques. Je m'aperçus également qu'il était toujours triste. Il y avait de l'angoisse et du trouble dans sa prière. Je ne trouvais pas en lui cette sérénité départie à ceux des fidèles qui vivent en paix avec Dieu. On eût dit que cette âme supportait un fardeau écrasant *dont elle n'osait pas se débarrasser.* Vous pensez bien que je me tenais prêt à lui venir en aide, que j'épiais l'occasion de le faire et que je suppliais le Seigneur de me la fournir De son côté, M. Marival semblait désireux de me fréquenter davantage. Mais qu'il y mettait de précautions! Il n'entrait jamais au presbytère. Lorsque je le rencontrais dans les rues du village, il évitait de me parler. Cette réserve étrange me donnait à croire que sa femme lui avait interdit d'entrer en rapports suivis avec moi et qu'il redoutait d'enfreindre la règle qu'elle lui imposait. D'ailleurs Mme Marival se manifestait de plus en plus hostile à ma personne. Son accueil, quand je me risquais dans son salon, était si revêche que j'aurais pu m'en offenser. D'autre part, M. Marival, tout le temps que durait ma visite, avait l'air au supplice, comme dans l'attente d'une algarade de sa terrible compagne. Pour lui éviter des ennuis, je m'abstins désormais de sonner à leur porte.

Or si, comme obéissant à une consigne, M. Marival se gardait de venir chez moi ou de m'aborder en public, je m'aperçus bientôt qu'il cherchait à m'entretenir sans témoins qui pussent rapporter à sa femme que nous nous abouchions. Soit lorsque j'allais à Macherin vers l'aube, soit lorsque je revenais, au crépuscule, de quelqu'un des hameaux environnants, je le voyais surgir d'un fourré où je crois bien qu'il se blottissait pour me guetter au passage. Parfois il feignait que notre rencontre fût fortuite;

parfois, il ne se mettait pas en peine d'explica-
tions. Toujours il offrait une mine embarrassée,
mais où je démêlais quand même du plaisir à
me parler librement. Inutile de préciser que je
me prêtais de mon mieux à son besoin d'expan-
sion. Nous eûmes ainsi plusieurs colloques que
je m'efforçais de diriger vers les choses de
Dieu. Mais à chacune de mes tentatives, il manifestait de la gêne, détournait l'entretien ou le
laissait tomber comme s'il n'avait pas entendu,
ou encore, il me quittait brusquement. De
toute évidence, son secret *ne voulait pas* sortir. Il s'était mis en chemin avec l'intention
ferme de s'ouvrir à moi puis, au moment de
parler, le courage lui faisait défaut et il se
verrouillait dans un silence désespéré.

Un soir, pourtant, il sembla prendre son
parti comme on se jette à l'eau. A peine m'eut-
il rejoint qu'après quelques banalités sur
la température, il me dit sans transition : —
Monsieur le Curé, quelqu'un que je connais
désirerait être renseigné sur un cas de conscience qu'il m'a chargé de vous exposer...

Naturellement, je compris tout de suite qu'il
s'agissait de lui-même et, à part moi, je ne pus
m'empêcher de m'égayer un peu en constatant
la naïveté de son subterfuge.

— Je suis tout à votre disposition, répondis-
je, et je remercie sincèrement celui qui vous

délègue de la confiance qu'il veut bien me témoigner.

Il reprit : — Voici : cet homme possède la foi ; il tâche de prier avec ferveur ; il implore la miséricorde divine mais il sent qu'il ne remplit pas tout son devoir parce qu'un obstacle qu'il ne se résout pas à franchir l'écarte des sacrements. Que doit-il faire ?

Je me recueillis un peu puis je demandai mentalement à Dieu de m'éclairer sur la ligne à suivre et je fus exaucé aussitôt, car il me fut inspiré de lui dire : — Cette âme dans la peine et qui soupire après la délivrance, c'est la vôtre, n'est-ce pas ?

Il eut un sursaut, hésita quelques secondes puis avoua : — Eh bien oui, c'est moi...

— A merveille, continuai-je, la situation est plus nette entre nous et je préfère qu'il en soit ainsi. Je vous dirai donc que, depuis longtemps, votre conduite me rend perplexe. Vous venez, à peu près tous les jours, à la messe ; tout prouve que ce n'est pas pour vous une formalité vaine. Je dois donc vous tenir pour un chrétien plus occupé de Dieu que beaucoup d'autres. Néanmoins, par une inconséquence bizarre, vous vous privez des sacrements alors que, logiquement, vous devriez les rechercher. Plus encore — et cela m'a fort étonné — vous ne faites même pas vos Pâques. Cependant vous n'ignorez pas que se confesser et recevoir la Sainte-Eucharistie, à cette époque de l'année, c'est un commandement de l'Eglise auquel tout catholique a le devoir de se conformer.

— Je sais cela, reconnut-il à voix basse.

— Alors, pourquoi vous dérober ?

Il porta la main à sa gorge comme s'il étranglait puis il fit un geste de détresse. Combien je le prenais en pitié ! Mais il fallait aboutir.

— Je suis votre ami, poursuivis-je, n'en doutez pas une minute. Soyez sûr également que le caractère dont je suis revêtu et qui fait de moi le serviteur de mes paroissiens m'a préparé à tout entendre et, le cas échéant, à tout absoudre. Je vois qu'une charge excessive vous opprime et je vous supplie d'être convaincu que je donnerais mon sang pour vous l'enlever.

Dieu conférait sans doute à mes phrases l'accent nécessaire, car il fut touché. Des larmes débordaient d'entre ses paupières et il tourna vers moi un regard si plein de gratitude que je crus bien avoir remporté la victoire.

Hélas, pas encore !...

Il se contenta de me dire d'une voix entrecoupée : — Quand on a commis une faute grave et dont les suites ne cessent de léser autrui, il

est nécessaire, si je ne me trompe, non seulement <'e s'en repentir mais de la réparer ?...

— Sans nul doute, répondis-je. Pour que le
sacrement de pénitence soit efficace, il faut
d'abord avoir la contrition et ensuite, agir de
telle sorte que le péché dont nous sollicitons le
pardon, nous formions la résolution de ne
plus le commettre. Cela dans tous les cas et
particulièrement dans celui où ses conséquences nuiraient au prochain. Alors nous
devons, autant qu'il nous est possible, supprimer la cause du mal que nous avons fait. Que
vaudrait devant Dieu notre repentir si, à notre
escient, le tort dont nous nous sommes rendus
coupables envers autrui continuait de pro-
duire ses effets ?

— Oui, oui, voilà le point, murmura M. Marival. Puis il se tut et, les yeux baissés, se
tordit les mains.

Je crus deviner le motif de ce mutisme et je
repris : — Si, pour une raison quelconque,
vous ne jugez pas à propos de vous présenter
à mon confessionnal, je suis tout prêt à vous
adresser à l'un de mes collègues dans l'endroit
qui vous conviendra le mieux. N'ayez aucun
scrupule à cet égard : Je ne me formaliserai
pas que vous ayez recours à un autre que moi.
Je ne désire qu'une chose : c'est que vous vous
réconciliez entièrement avec Dieu,

Je pensais l'avoir mis au pied du mur et j'attendais anxieusement sa réponse.

Il m'échappa. Soudain, comme si la perspective de se libérer sans délai le bouleversait à fond, il sembla pris de panique.

— Plus tard !... Plus tard !... s'écria-t-il.

Et, me laissant là, il s'éloigna précipitamment. Puis tout à coup il s'arrêta, comme frappé par une réflexion, fit demi-tour et, revenant vers moi, me jeta : — Ne le dites à personne, — à personne que je vous ai parlé...

Je compris que cela signifiait : — Surtout pas à ma femme !

Il se perdit dans l'ombre croissante. Tout déconcerté, je demeurai sur place... Ah ! c'est cela que je ne puis me pardonner. J'aurais dû courir après lui, le rattraper et alors Dieu m'aurait indubitablement inspiré les paroles qui l'auraient persuadé de ne pas différer. *Mea culpa*, j'ai manqué de résolution... Et j'en fus puni, comme vous allez voir.

Le lendemain, M. Marival n'assista pas à la messe. Le jour d'après, les rumeurs du village m'informèrent qu'il était tombé malade et gardait le lit. Je n'en fus pas extrêmement surpris car, lors de notre dernière rencontre, sa pâleur et l'altération de ses traits m'avaient inquiété. Le regret d'avoir perdu l'occasion de soulager cette pauvre âme dans l'angoisse me tourmentait et m'empêchait de dormir. Je me jurai de tout faire pour pénétrer jusqu'à lui.

Donc, un matin, sitôt ma messe dite, j'allai tout droit chez les Marival. Ne me faisant guère d'illusions quant à la nature des sentiments que me portait la femme, je n'espérais pas trop un tête-à-tête avec le mari. Du moins, il me verrait et aurait la consolation de se dire que je ne l'oubliais pas. Et puis, malgré tout, qui sait si Dieu ne lui donnerait pas la force d'exiger qu'on me laissât seul avec lui ? Malheureusement, les choses se passèrent d'une façon toute différente.

A peine eus-je sonné que Mme Marival en personne vint m'ouvrir. On ne m'ôtera pas de l'esprit qu'elle se tenait à l'affût de ma visite et qu'elle s'était préparée en conséquence.

Elle se campa dans l'embrasure, les coudes écartés, comme pour me barrer le passage. Sans me donner le temps d'ouvrir la bouche, la mine rogue, les yeux allumés d'une flamme haineuse, elle me dit, d'un ton coupant comme une bise de décembre : — Monsieur le Curé, vous venez voir mon mari ?... C'est inutile ; son état réclame le plus grand calme. Et, d'ailleurs, il ne vous a pas demandé.

— Mon Dieu, Madame, répondis-je, loin de moi l'idée de lui causer quelque agitation. Cependant, êtes-vous bien sûre que, tout au contraire, ma présence et, si possible, quelques mots échangés avec moi ne lui procureraient pas *ce calme* dont je crois, comme vous, qu'il a le plus grand besoin ? Je vous promets de ne pas le fatiguer par une trop longue entrevue.

Elle me toisa d'un air de défi sardonique. Et cette expression de physionomie signifiait clairement : — Tu voudrais bien le confesser. Mais tu n'y arriveras pas. Je suis là pour t'en empêcher.

De vive voix, elle se contenta de répéter : — Il n'a pas demandé à vous voir ; vous n'entrerez pas !...

Que faire ? Je ne pouvais entamer, sur ce seuil, une discussion que, selon toute probabilité, elle n'eût pas hésiter à pousser au scandale. Déjà, des voisines, étonnées de son attitude agressive, nous regardaient avec curiosité. Dieu sait les commentaires qui eussent suivi si j'avais insisté d'une façon trop acerbe !

Simplement, je repris : — Je me retire, Madame, en souhaitant que Dieu vous envoie la pensée de me faire appeler avant qu'il soit trop tard.

Mme Marival ne souffla mot. Mais dans le sourire vraiment démoniaque qui lui tordait les lèvres tandis qu'elle refermait la porte, je lus ceci : — Si tu comptes que je te ferai appeler, tu peux attendre !..

Que se passait-il dans cette âme enténébrée pour qu'elle se montrât si opiniâtre à m'interdire le chevet de son mari ?.. Les jours qui suivirent, je me fatiguai l'esprit à retourner ce problème. Et je m'attristais toujours davantage, ayant l'intuition nette que M. Marival aurait été soulagé de me voir et de se confier à moi. Il me semblait inadmissible qu'un homme, dont je connaissais la foi, se sentant en danger de mort, n'éprouvât pas le désir de se préparer au Jugement de Dieu lorsqu'il en était encore temps.

Si seulement Mme Marival s'était absentée, ne fût-ce qu'une heure, j'en aurais profité pour m'introduire dans la maison : la servante était pieuse et je ne crois pas qu'elle m'aurait refusé l'entrée. Mais je ne pus avoir recours à cet expédient. Tant que dura la maladie de M. Marival, sa femme ne mit pas le pied dehors. Et c'était si bien un plan arrêté chez elle d'isoler son mari qu'elle n'admit aucune de ses relations dans la chambre à coucher, qu'elle ne prévint nul de leurs parents et qu'elle ne fit même pas appeler le médecin. On eût dit qu'elle redoutait de la part du moribond des révélations sur des choses qu'elle tenait essentiellement à garder secrètes. Cette séquestration étrange fit jaser. Mais elle ne parut pas s'en émouvoir. Deux ou trois de ces curieuses qui cherchent toujours à connaître les tenants et aboutissants de l'existence d'autrui, pour en alimenter leur caquets, risquèrent des visites sous prétexte de prendre des nouvelles de ce « pauvre Monsieur », comme elles disaient. Mᵐᵉ Marival les reçut dans l'antichambre, leur répondit brièvement qu'il s'agissait d'une indisposition assez bénigne et ne cacha pas sa hâte de les congédier. Elles se retirèrent fort déçues. Et les langues de marcher !

Au bout d'une semaine, je ne sais pas quel canal, le bruit se répandit que cette indisposition soi-disant sans gravité prenait décidément une mauvaise tournure. On disait que M. Marival était au plus bas et ne passerait sans doute pas la nuit.

Je ne pus y tenir. Il fallait, coûte que coûte, que je fisse une nouvelle tentative pour pénétrer jusqu'à lui. C'était mon devoir et j'étais absolument décidé à le remplir, dussè-je essuyer les insolences de cette femme.

Je me rendis donc à la maison Marival. Je sonnai. On ne vint pas ouvrir. Je réitérai avec plus d'insistance. Le résultat fut identique. A l'intérieur, pas un mouvement ; c'était comme si le logis eût été inhabité. Je me reculai un peu et j'examinai la façade. Alors, à une fenêtre close du premier étage, j'aperçus le profil de Mᵐᵉ Marival. Elle soulevait le rideau de biais et glissait avec précaution un regard sur la rue. Elle parut contrariée que je l'eusse découverte et elle allait se retirer lorsque, y mettant toute l'énergie dont j'étais capable, je lui fis signe de m'ouvrir. Elle secoua négativement la tête, puis quitta la fenêtre aussitôt.

Qu'essayer d'autre ? Je ne pouvais pourtant pas enfoncer la porte !.. Je retournai chez moi la tête basse et je multipliai les prières pour l'âme dont on me refusait aussi obstinément l'accès...

M. Marival mourut vers trois heures de l'après-midi, le lendemain. Et tout se passa selon la coutume. Je fis la levée du corps ; il y eut du monde pour suivre le cercueil à l'église et au cimetière. Un seul détail me causa quelque distraction tandis que je récitais les dernières oraisons devant la fosse ouverte. Mme Marival se tenait à trois pas de moi, droite et impassible. A un moment, je levai les yeux sur elle et ce que je perçus me fit tressaillir. *A la surface,* son visage offrait comme un vernis d'affliction étalé là par bienséance. Mais, *en-dessous,* je ne pus m'empêcher d'y découvrir une expression de joie maligne qui lui crispait la bouche. Et, de plus, elle fixait sur le cercueil un regard de triomphe où papillotait une lueur positivement diabolique. J'aurais juré que sa pensée était celle-ci : — Enfin, il est mort sans avoir parlé à personne... Quelle délivrance !

La cérémonie terminée, elle se retira sous l'escorte de quelques officieuses et sans m'avoir dit un mot. Mais, le soir, un incident se produisit qui m'éclaira sur les mobiles du drame et sur les actes de cette femme si volontaire dans le mal. J'étais au presbytère quand on vint me dire que Joséphine — la servante des Marival — demandait à me voir. Je la fis entrer aussitôt et voici notre dialogue. J'en ai gardé le souvenir très présent — il y avait de quoi.

Joséphine était fébrile. Je la sentis à la fois bouleversée de chagrin, désireuse de me révéler des choses obsédantes et retenue par la crainte de s'attirer des ennuis. Cependant, comme je la reçus d'une façon tout affable, elle parut se rassurer un peu : — Monsieur le Curé, me dit-elle, je viens vous demander une messe pour le repos de l'âme de M. Marival. Je vous serais bien reconnaissante de la célébrer le plus tôt possible. Elle répéta : Bien, bien reconnaissante. Et, en insistant de la sorte, elle avait une inflexion de voix plus émue que ne le comportait une requête aussi simple.

— Mais très volontiers, répondis-je, je constate avec plaisir que vous regrettez votre maître. Il était bon pour vous, n'est-ce pas ?

— Oui, oui, certainement oui, mais ce n'est pas seulement cela. Il y a Madame...

Ici, elle s'arrêta net. L'extrême prudence, allant parfois jusqu'à la dissimulation, qui caractérise l'âme paysanne m'était trop familière pour que je marquasse de la hâte à l'interroger. Toute curiosité trop appuyée l'eût fait battre en retraite. Je me contentai donc de lui demander posèment si c'était elle-même ou Mme Marival qui désirait cette messe.

Joséphine eut alors une sorte de ricanement douloureux comme pour me faire entendre qu'il était absurde de supposer chez sa patronne une intention de ce genre. Puis elle reprit :

— Ah ! non, ce n'est pas Madame qui m'envoie !

Et, soudain, ne parvenant plus à se contenir, elle ajouta : — Madame, elle est trop contente d'être débarrassée du pauvre Monsieur !..

— Prenez garde, dis-je un peu sévèrement, il ne faut pas porter de jugements téméraires.

— Ce n'est pas ce que je fais, s'écria Joséphine, mais quand je repense ce qui s'est passé dans cette maison, je ne puis pas rester tranquille.

Puis, d'un seul trait, emportée par l'indignation, elle poursuivit : — Dix fois, monsieur le Curé, dix fois, M. Marival vous a réclamé pour se confesser. Madame faisait la sourde. Telle qu'elle est, ce n'est pas commode de se mêler de ses affaires. Qui s'y risque ne recommence pas souvent. Pourtant ça me remuait si fort d'entendre ce pauvre Monsieur se tourmenter ainsi que je finis par proposer de vous aller quérir.

— C'est inutile, répondit Madame, tenez-vous en repos. Monsieur n'a pas sa tête à lui et puis cela ne vous regarde pas... Moi j'observais et je voyais bien qu'il ne battait pas la campagne mais je n'osais pas désobéir quoique cela recommençât tout le temps. Chaque fois que Monsieur se trouvait un peu moins faible, il vous demandait de nouveau. Et c'était alors des discussions qui le brisaient. Enfin, la veille de sa mort, j'apportais de la tisane, quand Monsieur se dressa tout droit sur son lit et me cria : — Joséphine, je vous commande d'aller au presbytère et de ramener le Curé avec vous !.. Mais Madame, rouge de colère, m'arracha la tasse, la posa sur la table de nuit en en renversant la moitié et me poussa dehors en me disant à dents serrées :— Il délire ! Ne l'écoutez pas ou je vous chasse... Puis elle ferma la porte et poussa le verrou. J'étais trop outrée contre Madame pour retourner à la cuisine ; je voulais savoir ce qui allait arriver et j'avais tellement pitié de Monsieur ! Je demeurai aux écoutes derrière la porte. Mais elle est très épaisse et j'entendais d'abord mal ce qui se disait dans la chambre. Pourtant tous les deux élevèrent bientôt la voix au point que je finis par saisir quelques mots...

Joséphine s'interrompit, comme reprise de la peur de trop parler. Et, de mon côté, la presser de questions me répugnait.

Mais l'indignation l'emporta et, spontanément, elle reprit : — Je saisissais des morceaux de phrases. Monsieur disait : — Je veux restituer... Je ne mourrai pas sans avoir rendu cet argent... Je ne paraîtrai pas devant Dieu avec cette infamie sur la conscience. Qu'on appelle le Curé !.. Et Madame répondait : — Non, non, et non, il ne viendra pas. N'y compte pas ... Je ne veux pas retomber dans la gêne à cause de tes imaginations !..

Alors Monsieur poussa des gémissements si épouvantables que j'en fus toute retournée. Je me sauvai dans la cuisine et je n'ai plus rien entendu jusqu'à sa mort. Du reste, Madame montait la garde et ce fût seulement lorsque Monsieur ne respira plus qu'elle me laissa rentrer dans la chambre...

Joséphine n'en dit pas davantage. Comme effarouchée, elle jeta trois francs sur la table en murmurant : — C'est pour la messe, et elle s'enfuit avant que j'eusse pu prononcer un mot.

Mais elle en avait dit suffisamment pour que je fusse à même de reconstituer le duel tragique de ces deux âmes, l'une corrodée de repentir et torturée par le désir de réparer le tort fait à autrui, l'autre farouche dans sa volonté de conserver une fortune mal acquise...

Peut-être que si j'avais revu Joséphine j'en aurais appris plus long quoique je fusse décidé à ne pas prendre d'initiative quant à cette sombre aventure. Mais il paraît certain que Mme Marival redoutait les indiscrétions de sa servante, car elle s'arrangea pour lui faire quitter le pays avant que la semaine fût écoulée. J'ai des raisons de croire qu'elle ne la congédia point sans avoir acheté son silence.

En ce qui me concerne, cette femme endurcie me manifeste, depuis lors, une animosité persévérante. Non seulement elle se mêle, pour les envenimer, aux cabales des personnes acrimonieuses qu'afin de sauvegarder non indépendance et la dignité de mon ministère, j'ai dû tenir à l'écart, mais encore elle propage des calomnies sur mon compte. On dirait que ma présence à Gougny lui est intolérable et qu'elle rêve de me faire quitter la paroisse. Enfin la haine qu'elle nourrit contre moi lui fait éviter mon approche. Vous venez d'en avoir la preuve !...

L'abbé Moret prononça ces dernières phrases

avec un accent de mélancolie poignante. Certes, aucune pensée de représailles ne germait dans cette belle âme. Il éprouvait seulement une peine intense et j'en eus le témoignage lorsqu'il ajouta : — Il est bien pénible de sentir qu'il y a auprès de moi, contre moi, une haine vivace et toujours en armes. Pourtant, je puis l'attester devant Notre-Seigneur en croix, je ne hais personne, j'aime comme mes enfants tous mes paroissiens et aussi cette malheureuse égarée. Je prie, je souffre avec joie pour obtenir qu'elle comprenne l'iniquité de sa conduite et surtout l'avenir redoutable qu'elle se prépare... Hélas, rien, jusqu'à présent, ne donne à espérer qu'elle s'amende Le grand pourrisseur d'âmes, l'argent, la possède à ce point qu'elle lui rend un culte aveugle et qu'elle ne pressent point l'abîme où cette idolâtrie la mène. C'est horriblement triste !...

L'abbé Moret se tut un peu de temps. Des larmes roulaient dans ses yeux. Sa voix tremblait lorsqu'il reprit : - Il en va toujours ainsi quand ce métal monnayé par le démon prend une place prépondérante dans notre existence. Tandis que je vous narrais les péripéties de ce drame, vous aurez remarqué que M. Marival comme Joséphine, malgré leurs efforts pour en dénoncer les méfaits, continuaient de subir son influence. L'un et l'autre voulaient sincèrement recourir au prêtre pour se libérer. Eh bien, ils n'ont pu aller jusqu'au bout. Tous deux ont fui sans me laisser le temps de leur venir en aide d'une façon efficace. Ah ! que le diable est puissant !... Peut-être suis-je trop imparfait pour mériter de le vaincre..·

Ce scrupule, cette humilité chez un prêtre d'une sainteté aussi avérée m'émurent plus que je ne saurais l'exprimer.

Afin de faire diversion, je dis à l'abbé Moret : — A toute époque, cher monsieur le Curé, l'argent fut le fauteur de grandes infamies et il y eut des pasteurs d'âmes qui, voulant les combattre, subirent les contradictions de l'avarice humaine. Tenez, je suis précisément en train de lire un ouvrage de Sainte-Beuve : *L'histoire de Port-Royal.* J'y ai relevé un épisode qui présente quelques points de ressemblance avec ce que vous venez de me rapporter. Permettez-moi de vous le résumer.

A la fin du règne de Louis XIII, M. de Chavigny avait été sous-secrétaire d'Etat aux affaire étrangères et fort apprécié de Richelieu qui distinguait en lui un bon serviteur du Roi, c'est-à-dire de la France, les deux, sous l'ancien régime, ne faisant qu'un. Chavigny possédait une fortune considérable mais entièrement accumulée au cours des fonctions qu'il avait remplies. Des circonstances ont donné lieu de croire qu'elle ne provenait pas tout entière de sources absolument pures. En effet, lorsque Chavigny fut atteint de la maladie dont il mourut (en octobre 1652) ; se sentant très bas, il pria le curé de sa paroisse, M. Mazure, de lui permettre de se confesser à M. Singlin — ecclésiatique renommé pour ses vertus et notamment pour sa rectitude de jugement dans les cas de conscience. Le curé donna l'autorisation ; M. Singlin averti vint sans retard auprès de Chavigny. Il l'entendit deux fois en confession et lui donna l'absolution. La mort survint le soir même. Mais Chavigny, dont l'esprit de contrition avait été stimulé par M. Singlin, remit au paravant à son ami intime, M. de Bagnols, des effets représentant la somme de 974.000 livres — soit près d'un million, ce qui ferait cinq fois plus aujourd'hui. Il spécifia, en présence de sa famille et du confesseur, que c'était pour des restitutions à des personnes spoliées. Il voulait aussi que M. Singlin prît 300.000 livres en pistoles qui étaient renfermées dans son coffre-fort. M. Singlin refusa de se charger des espèces et ne consentit qu'à être le dépositaire des papiers et le répartiteur, devant témoins, des sommes soustraites aux ayant-droit. Mais avant d'entamer les démarches, il tomba d'accord avec M. de Bagnols de consulter pour se mettre en règle et en mesure vis-à-vis de la veuve. Mais Mme de Chavigny qui, notons-le, n'avait nullement protesté contre l'abandon d'une somme aussi énorme tant que son mari fût en vie, jeta les hauts cris après le décès et, quoique le restant de la fortune montât à plusieurs millions, se déclara ruinée. Cependant l'examen des papiers mis en ordre par le défunt ne laissait aucun doute ; des notes inscrites au dos en disaient long sur leur origine. N'empêche : la veuve exigeait qu'on passât outre aux dernières volontés de son mari. L'affaire s'ébruita. Des gens de Parlement, des docteurs de Sorbonne émirent des avis contradictoires. Mais surtout certains casuistes — à la manche très large — se rangèrent du parti de Mme de Chavigny moins, semble-t-il, par doctrine que pour nuire à M. Singlin en qui ils combattaient depuis longtemps ce qu'ils qualifiaient de « rigorisme outrancier ». Ils alignèrent des arguments si subtils qu'ils convainquirent Mme de Chavigny qu'elle serait sans reproche devant Dieu si elle se contentait de distribuer cent mille francs aux pauvres. Le surplus elle se l'attribuerait d'un cœur léger. Et tant pis pour les personnes que feu Chavigny avait lésées. La veuve estima la solution si ingénieuse qu'elle l'adopta aussitôt malgré les avertissements de M. Singlin qui lui représentait que se conduisant de la sorte elle chargeait lourdement sa conscience. Or, ce bon prêtre ne fut pas écouté et même, ce qui est pire, ses monitions lui valurent de la part des casuistes susdits de fangeuses calomnies (1)...

Eh bien, poursuivis-je, ne trouvez-vous pas, monsieur le Curé, qu'il y a de l'analogie entre l'état d'âme de Mme de Chavigny et celui de Mme Marival, avec cette différence que la première fit du tapage et que la seconde manœuvra pour étouffer toute révélation de son crime ? Allez, que ce soit au XVIIe siècle, que ce soit au XXe, que ce soit n'importe quand, le diable a toujours su, saura toujours employer l'or maudit à s'acquérir des âmes et les choses iront ainsi — jusqu'à la fin du monde.

— Ce n'est que trop vrai, soupira l'abbé Moret, voilà pourquoi je remercie Dieu, chaque matin, de m'avoir inspiré l'amour de la Sainte Pauvreté.

Et je conclus : — Je fais de même. N'avoir pas le sou et s'en réjouir, c'est une grâce incomparable!..

(1) Pour les détails de l'affaire Chavigny voir SAINTE-BEUVE, *Histoire de Port-Royal*, tome II (édition Hachette).

IN EXTREMIS

En ce temps-là je vivais le plus possible sous la futaie. Sauf pendant les heures occupées à la rédaction de mon livre, je ne restais guère à mon logis que pour les repas et le sommeil. Et même, les jours où j'accordais du loisir à ma plume, emportant une collation simplifiée, je le quittais dès l'aube et n'y rentrais qu'à la nuit close. Encore m'arrivait-il de découcher, comme on va le voir.

Je me sentais si heureux, tellement en famille parmi les arbres que j'ai rêvé bien souvent de me construire une cabane au plus épais du couvert ou d'aménager à mon usage quelque cavité dans les rochers. Là, j'aurais mené, seul avec Dieu, la vie érémitique. Déjà, antérieurement à mon entrée dans l'Eglise, je cultivais mon goût inné de la solitude. Mais alors mes retraites intermittentes dans les grands bois ne se vouaient qu'à la littérature. Férue d'illusions païennes, mon imagination les peuplait de dryades et de faunes et les poèmes qui en résultaient ne cessaient de moduler, selon des rythmes sylvestres, la louange de Pan. Il me plaisait qu'on dît de moi :

Fortunatus est ille deos qui novit agrestes.

Aujourd'hui, quelle différence ! Ce n'était plus la chimère du panthéisme qui m'égarait au gré de ses caprices. Je connaissais la Vérité unique L'âme et l'esprit comblés d'une joie radieuse, j'étais le servant de Jésus-Christ : je sentais mon cœur battre à l'unisson du sien. La forêt en prit une signification plus large et plus haute. Elle me fut le sanctuaire où règne le Saint-Esprit, où l'oraison contemplative se nourrit d'images d'une splendeur éblouissante, s'illumine de clartés toujours accrues, s'élève, par des intuitions magnifiques, jusqu'au sentiment intégral de la présence divine. Qu'il est vivifiant pour l'âme le souffle du Paraclet à travers les frondaisons !...

Donc j'allais par les sentiers, éperdu d'amour de Dieu, mêlant mon allégresse aux parfums que diffusaient, comme un arome liturgique, les essences résineuses, aux hymnes du vent dans les feuillages. Ma prière continuelle, non formulée par les pauvres mots dont usent les langues humaines mais toute en élans d'adoration sans limite, suivait le chœur des bouleaux et des pins, s'enflait, puis décroissait, puis s'enflait de nouveau, selon la brise émouvant les ramures. Et c'était pareil tantôt aux accords graves d'orgues éoliennes, frôlées par les ailes des anges, tantôt aux cantilènes de l'océan, alors que ses vagues alanguies s'étalent, avant de mourir, sur le sable des grèves.

Lorsque, après des marches prolongées dans les taillis débordant de fougères exubérantes, je m'asseyais au pied d'un vieux chêne revêtu de mousse et de lierre, j'écoutais ce patriarche m'enseigner les secrets de la sagesse végétale. Ou bien, vers midi, quand le soleil s'insinue dans la pénombre des futaies et sème des médailles d'or palpitant sur l'herbe des clairières, je m'imprégnais du vaste silence qui descend des feuillages assoupis. Absorbant la forêt, irradiant la prière, je me tenais tellement immobile que les biches, avec leurs faons, sortaient du fourré, s'avançaient à quelques pas, tendaient leur fin museau vers moi et paraissaient se demander quel était cet être si tranquille dont l'instinct leur disait qu'elles n'avaient rien à craindre. D'autres fois, c'était un cerf, à la ramure majestueuse, qui d'un peu plus loin me regardait longuement avec une curiosité où subsistait quelque méfiance. Enfin, rassuré, il se remettait à brouter et l'on eût dit qu'il comprenait que je n'étais pas un de ces tortionnaires bottés qui, sous prétexte de chasse à courre, traquent et massacrent le noble animal dont leur stupide barbarie aime à voir couler le sang...

J'emportais d'ordinaire sous bois un tome des œuvres de sainte Térèse et que de progrès dans la vie spirituelle je dois à cette merveilleuse conseillère des âmes portées à suivre partout Notre-Seigneur ! Comme elle indique, avec une clarté suprême, les privilèges, les souffrances et les dangers de l'état mystique ! A son école, j'appris les beautés de la théologie. Ce ne fut pas l'étude de quelque traité aride mais une initiation *vécue* à ce qu'il y a de plus intensément religieux aux profondeurs de notre être. Onde si fraîche et si brûlante à la fois où je me plonge, miroir infiniment pur où se reflète la face même de Dieu : la doctrine de sainte Térèse.

Très souvent la méditation de ces pages sublimes me ravissait au point que j'oubliais l'envolement des heures. J'avais couvert des kilomètres sans m'en apercevoir et quand je reprenais conscience des choses extérieures, il arrivait que je me trouvasse à une distance considérable d'Arbonne. Notamment ce fut le cas par un crépuscule qui commençait à noyer d'ombres bleues les lointains de la forêt. Je constatai que je suivais la crête d'une chaîne de collines rocheuses, ambitieusement nommées sur les cartes : les monts de Fay. J'étais à peu près à une lieue de Gougny-en-Bierre. Outre la nuit approchant, des nuages bas et plombés venaient de l'ouest et menaçaient de se résoudre en pluie.

L'abbé Moret m'ayant dit, une fois pour toutes, qu'il me recevrait toujours volontiers au presbytère, je n'hésitai pas à gagner sa paroisse, car j'étais assuré de trouver chez lui un accueil empressé, un lit et de quoi manger. Le repas serait sommaire et la couche peu moelleuse, mais cela m'était fort indifférent. A cette époque, en effet, je jouissais d'une santé robuste ; ma sotte carcasse n'exigeait pas l'attention qu'il me faut maintenant lui concéder. Et puis, ce qui emportait tout, j'aurais le plaisir d'écouter, une soirée tout entière, la parole de ce prêtre évangélique.

Je me dirigeai donc vers Gougny. Chemin faisant, je distinguai, à ma droite, une croix de fer qui surmontait un piédestal d'élévation médiocre et taillé dans le grès de la forêt. Une inscription y était gravée mais l'obscurité qui régnait déjà sous les arbres m'empêcha de la déchiffrer. Je conjecturai que ce monument commémorait un assassinat. La pluie imminente fit que je ne m'arrêtai pas pour vérifier mon hypothèse en frottant des allumettes.

La nuit était tout à fait tombée quand j'atteignis le presbytère. L'abbé Moret se tenait dans la cuisine. Debout devant une table sans nappe, il soupait d'une tranche de pain bis, d'un morceau de fromage et d'un oignon assaisonné de gros sel. Pour boisson, un pot de piquette. Il me coupa du pain, éplucha un second oignon, poussa vers moi l'assiette au fromage et, me remettant un couteau ébréché, me dit avec un bon rire : — Régalez-vous, cher ami !... Je ne me fis pas prier car j'avais grand'-faim.

Tout en jouant de la mâchoire, je lui demandai ce qui signifiait cette croix que j'avais remarquée un quart d'heure auparavant.

— Je puis d'autant mieux vous renseigner, me répondit il, que j'ai joué un rôle dans le dernier acte du drame rappelé, là-bas, par ce signe de notre salut. Et, sans autre préambule, il me raconta ce qui suit :

— La croix en question fut élevée par les gardes de la forêt à la mémoire d'un des leurs, tué à l'endroit même où vous l'avez vue. Le piédestal porte la date du meurtre et le nom de la victime : Victor Sampité. Sorti du service militaire comme sous-officier, pourvu d'excellents certificats, ce garde était au service du Haut-Sucrier qui a loué à l'Etat le droit de chasse à courre et au fusil dans la forêt. Il s'était marié dès sa libération, sa femme lui avait donné une petite fille et,

au moment du crime, attendait une autre enfant. Le ménage occupait cette maison forestière que vous avez dû repérer à la sortie
du village, sur la route de Fontainebleau. Sampité s'acquittait de sa fonction avec une ri-
gueur peut-être excessive. En général, les
gardes montrent plus de mansuétude. Quand
leur zèle du début a jeté son premier feu, il se
conclut entre eux et les braconniers — qui
pullulent dans la région, comme vous le
savez — un pacte tacite qui leur vaut une réputation de « bon enfant » et, ce qui leur importe par-dessus tout, une espèce d'assurance
sur la vie. Ce n'est pas qu'ils feignent absolument d'ignorer tous les délits qu'ils ont le devoir de réprimer. Mais tant que les délin-
quants ne se font pas prendre sur le fait, ils
ne protègent le gibier que d'une façon relative.
Ils ne dressent pas d'embuscades ; s'ils décou-
vrent un piège, ils l'enlèvent mais ils ne se
donnent guère le tracas de rechercher celui qui
l'a posé.

Sampité n'admettait pas qu'on louvoyât de la
sorte avec la consigne. Non seulement il appliquait à quiconque les règlements mais
encore il déployait une activité sans égale à
pourchasser l'adversaire. Infatigable, il multipliait les tournées dans la forêt. Il passait des
nuits à guetter les chiens en maraude et à dé-

noncer les ruses de la braconne. Et les procès-verbaux grêlaient. Comme vous le pensez bien, cette vigilance assidue, cette rigidité dans l'application de la loi, lui suscitèrent des haines. Les paysans, jouant sur son nom, l'appelaient *Sans-Pitié*. Et les plus vindicatifs ne se faisaient pas faute de souhaiter tout bas qu'il reçût, comme par hasard, quelque mauvais coup.

Un de ceux qui entrèrent le plus souvent en conflit avec lui se nommait Alcide Rablot. Il possédait une petite aisance et pour l'entretenir, tenait un commerce d'épicerie et de bimbeloterie à Macherin. Cependant, célibataire, il ne s'en occupait pas beaucoup, il en déléguait l'administration à sa sœur, veuve quadragénaire qui vivait avec lui. Chasseur enragé, non par esprit de lucre mais par un penchant irrésistible, ce Rablot ne concevait d'occupation plus attrayante que de dépister le poil et la plume dans la plaine et dans le bornage. L'arme au poing, la carnassière au dos, il battait tout le jour les buissons ou les emblavures et il ne rentrait que rarement bredouille, car c'était un tireur de premier ordre. A cela, rien à dire. Mais Rablot ne se contentait pas de chasser en temps légal. Les mots: « fermeture de la chasse », ne représentaient pour lui qu'une formule saugrenue et ne méritant que le plus com-

plet dédain. Aussi, quelle que fût la saison, il
se livrait à un braconnage intensif, plaçant des
collets pour les lièvres, prenant au nœud cou-
lant des chevreuils, panneautant les perdrix,
s'adonnant aux affûts clandestins — bref, cau-
sant plus de ravages que vingt autres Nem-
rods rustiques, ses émules. Il était, d'ailleurs,
secondé par un chenapan, venu l'on ne sait d'où,
connu seulement sous le prénom d'Alexandre
et auquel il donnait l'hospitalité. Ce réfractaire, je le définirai d'une phrase : il n'avait
ni métier avouable ni sens moral et semblait
installé dans l'illicite comme dans un domaine
lui appartenant de droit.

Rablot, lui, n'était pas foncièrement pervers.
Assez intelligent, hableur, jovial, fréquentant
le cabaret mais pas jusqu'à l'ivresse coutumière — tandis qu'Alexandre chancelait presque toujours entre deux vins — il se montrait
d'abord facile, rendait volontiers service et
était très populaire dans le pays. J'ajoute qu'il
ne mettait jamais les pieds à l'église et paraissait fermé à toute croyance religieuse. Il y
avait là indifférence mais pas du tout hostilité,
car, lorsqu'il me croisait, il me saluait très po-
liment et ne craignait pas d'échanger quelques
propos courtois avec moi.

Mais, direz-vous, puisque Rablot était après
tout un brave homme, n'ayant que le tort de

considérer le gibier ainsi qu'une propriété commune, abusivement détournée par les locataires de la chasse, pour quelle raison s'était-il si fort lié avec le détestable Alexandre ? Je crois qu'on peut s'expliquer la chose. Chez Rablot, le goût de la chasse était une passion à laquelle il vouait toutes ses facultés et qui régissait son existence entière. Alexandre, possédant une foule de recettes pour la destruction du gibier, lui devint un aide indispensable dont il ne voyait plus les vices. Ou, s'il les distinguait, il estimait probablement que les dons spéciaux du gredin compensaient largement ses tares. Et puis, il ne faut pas oublier que Rablot, personnage en somme assez fruste, ne possédait pas une grande délicatesse de sentiments.

Vu le caractère de Sampité et les habitudes déprédatrices de Rablot et d'Alexandre, la lutte s'exaspéra entre l'un et les autres. Il serait trop long d'en décrire par le menu les péripéties. Je relèverai seulement qu'elle produisit une animosité réciproque et d'autant plus aiguë que c'était un duel d'amour-propre où chacun se jurait de l'emporter. Plusieurs fois, malgré les ruses de ses antagonistes, Sampité eut la satisfaction de les prendre en flagrant délit et de dresser des procès-verbaux qui les conduisirent en correctionnelle. Des

condamnations à l'amende furent prononcées.
Rablot payait mais, loin de se corriger, il n'en
montrait que plus de persistance à détruire le
gibier du secteur de forêt que surveillait Sampité. Et lorsqu'il avait réussi quelque exploit
dont il était impossible de le convaincre formellement, il s'arrangeait pour rencontrer le
garde en terrain neutre et pour lui décocher,
devant témoins, des phrases à double sens qui
le mettaient hors de lui.

— Tu peux blaguer, ripostait le fonctionnaire,
blême de fureur, je t'aurai et nous verrons celui
qui rira le dernier...

Mais Rablot haussait les épaules, lui tournait
le dos et s'en allait en sifflotant la sonnerie
d'hallali.

La guerre continua, sournoise et sans trêve
jusqu'à un certain soir où les deux braconniers
se firent surprendre de nouveau par Sampité.
Je ne sais au juste quel était l'objet du délit
mais ce devait être grave car, comparaissant
pour la cinquième ou sixième fois devant le
tribunal, il leur fut infligé quinze jours de prison. On m'a dit depuis qu'au cours des débats,
Roblot soutint que Sampité avait exagéré les
faits pour obtenir une condamnation sévère.
Mais le garde s'en défendit vivement. Et comme
il était assermenté, les juges lui donnèrent
raison.

Les condamnés ne récriminèrent pas ; ils su·
birent leur peine. Et l'on fut étonné qu'à leur
retour, ils ne se répandissent point en bravades
et en défis au garde comme c'était antérieurement leur coutume. Même ils semblaient assa-
gis, car trois mois passèrent sans qu'il y eût
prétexte à sévir contre eux. Sampité triom-
phait bruyamment : — Ah ! les bougres, disait-
ils, je les ai matés !... Stimulé par son succès,
félicité par ses supérieurs, il redoubla de vigilance au point qu'en peu de temps, d'autres
braconniers furent pincés par ses soins et punis
conformément aux lois, de sorte que de nouvelles rancunes s'ajoutèrent à celles qu'il avait
déjà suscitées. A diverses reprises, plusieurs
de ses victimes tinrent des propos violents à
son sujet. Mais l'on remarqua que ni Rablot
ni Alexandre ne faisaient chorus. Ils écou-
taient en silence, s'appliquaient à garder une
mine impassible et, si l'on insistait pour obtenir leur avis, se dérobaient comme s'ils redou-
taient de se compromettre.

Les choses en étaient là quand, — il y aura
sept ans au mois d'octobre — par une nuit
sans lune et brumeuse, Sampité quitta la maison forestière pour une tournée sous-bois.
Comme à son habitude il était parti entre
minuit et une heure après avoir prévenu sa
femme qu'il comptait rentrer au lever du

soleil. La matinée s'écoula sans qu'il fût de retour. Vers midi, Mᵐᵉ Sampité, inquiète, tourmentée d'un pressentiment lugubre, alla prévenir le maire qui partagea ses appréhensions et avertit les autres gardes de cette absence insolite. Ceux-ci se mirent, en groupe, à la recherche de leur collègue. Vers deux heures de l'après-midi, à la crête des monts de Fay, ils découvrirent Sampité couché la face contre terre et frappé de deux coups de fusil, l'un à la cuisse droite, l'autre au cœur. Il devait être mort depuis longtemps car le cadavre était glacé et déjà tout raide. Les gardes, effarés, ne prirent pas la précaution d'envoyer quelqu'un en avant pour annoncer avec ménagement la catastrophe et, dans leur désarroi, au lieu d'aller déposer le corps à la mairie, ils le transportèrent directement à la maison-forestière. Mᵐᵉ Sampité se tenait, pleine d'angoisse, sur le seuil. Quand elle vit le funèbre cortège déboucher du bornage, elle devina tout de suite ce qui était arrivé. Elle accourut et se jeta, en poussant des cris affreux, sur son mari... On s'efforça de l'en arracher mais voici qu'elle était morte, en mettant au monde, dans une mare de sang, un enfant qui ne vécut que quelques minutes !...

Ce crime, avec son horrible contre-coup, souleva une grande émotion. Le parquet, la

gendarmerie, des agents expérimentés multi-
plièrent les enquêtes. Mais malgré les recherches les plus minutieuses, on ne réussit
pas à découvrir le ou les meurtriers. Vous
savez, du reste, vous qui vivez depuis longtemps à la campagne, combien il est difficile
de faire parler les paysans. Pour eux, l'autorité, c'est une étrangère qu'ils entendent tenir
le plus possible à l'écart de leurs affaires.

— Rien de plus exact, approuvai-je, avant de
me fixer à Arbonne, j'ai habité sept ans un
village où il y eut deux morts violentes. En ce
qui concerne la première, les ruraux se dési-
gnaient entre eux le coupable ; cependant nul
ne le livra. Pour la seconde, la justice ne fut
même pas alertée.

— Eh bien, reprit l'abbé Moret, l'assassinat
de Sampité n'eut pas de suites immédiates.
Alexandre et Rablot se trouvaient parmi les
plus soupçonnés. Mais on eut beau les interroger, les retourner, les observer, les menacer,
on ne réussit pas à établir leur culpabilité d'une
façon assez évidente pour motiver leur arrestation. Ils invoquaient un alibi que personne
ne vint démentir.

A la longue, la justice dut reconnaître son
impuissance. Le crime resta impuni. La petite
orpheline que laissaient les Sampité fut con-
fiée à des cousins. L'oubli commença de se

faire et il est très probable qu'on n'aurait jamais connu la vérité si la Providence, intervenant, ne l'avait dégagée de l'ombre où elle gisait ensevelie.

Sampité disparu, il était à croire que Rablot ne tarderait pas à exercer de nouveau son activité braconnière — d'autant que le remplaçant du garde assassiné, ne se souciant sans doute pas de subir un sort analogue, ne manifestait guère de zèle et s'appliquait à passer pour inoffensif. Mais voici que Rablot semblait avoir perdu jusqu'au goût de la chasse. Même en temps licite, la carabine au ratelier, la gibecière jetée dans un coin, le chien bâillant dans sa niche, les mains dans les poches, il se tenait au logis, à suivre, d'un œil morne, les allées et venues de sa sœur et des clientes de l'épicerie. Ou s'il en sortait, c'était pour des promenades solitaires et sans but dans le voisinage. A diverses reprises des moissonneurs lui signalèrent des compagnies de perdreaux faciles à débusquer. Il les écouta d'un air absent, comme si l'information ne le touchait pas et persista dans son inaction. Plus encore, il prit en grippe les mœurs d'Alexandre, ne l'accompagna plus au cabaret et refusa désormais de favoriser ses rapines nocturnes. Il y eut certainement entre eux quelque explication orageuse à huis-clos, car le maraudeur quitta d'abord la maison puis bientôt le village en proférant des injures et des menaces confuses à l'adresse de celui qui avait été son hôte exagérément bénévole.

A peine Alexandre eut-il délivré le pays de sa peu regrettable personne, qu'on apprit son décès. Ivre, il s'était couché sur les rails du chemin de fer, près de Melun. Un rapide l'avait broyé. Accident ou suicide? On ne l'a jamais su.

Dès le lendemain, la nouvelle, relatée par un journal, vint au village et produisit sur Rablot une impression extraordinaire. Tandis que les gens de Macherin la commentaient sans beaucoup d'étonnement, vu l'intempérance célèbre d'Alexandre, lui en parut étrangement bouleversé. Il n'émit pourtant aucune réflexion insolite mais il offrit aux observateurs une physionomie tellement terrifiée qu'ils en conclurent que, malgré la brouille, ses relations avec le défunt lui tenaient plus à cœur qu'on ne l'aurait cru.

De ce jour Rablot changea à vue d'œil. Une tristesse profonde le rongeait. Il n'y avait plus trace du bon vivant, à la voix sonore, aux gestes exubérants qui faisait retentir le village du bruit de ses exploits en tous genres. Quelques semaines le maigrirent, le pâlirent, firent de lui le fantôme pitoyable du joyeux garçon de naguère. Oisif, il errait çà et là, frôlant les murs, évitant les conversations, — comme à la recherche perpétuelle d'on ne sait quoi. Puis, on cessa de le voir : il gardait la maison, usait les heures affalé dans un fauteuil, concentré en une songerie morose et ne répondait aux questions inquiètes de sa sœur que par cette phrase sommaire : — Je pense à quelque chose qui ne regarde que moi..T'en occupe pas...

Bientôt il se mit au lit n'en bougea plus et déclina rapidement. Des amis vinrent le voir qui s'efforcèrent de le remonter. Il ne les renvoyait pas, mais il marquait si peu d'intérêt à leurs dires, il demeurait le regard si obstinément fixé au plafond que les visiteurs, pris de malaise, ne tardaient pas à se retirer tout déconcertés.

Sa sœur, alarmée de cette singulière maladie, appela le médecin. Celui-ci fut reçu comme tout le monde, avec une totale indifférence. Rablot lui affirma qu'il ne souffrait de nulle part. — Il y a seulement cela, dit-il, que je me sens très faible et que je crois qu'on peut raboter les planches pour mon cercueil. Et puis tout m'est égal !...

Le docteur, ne sachant trop que prescrire, recommanda vaguement les fortifiants. Rablot ne protesta point quand sa sœur aligna sur la table de nuit des fioles et des boîtes de pilules. Mais il s'abstint d'y toucher.

Comme de raison, l'état de cette âme me préoccupait et surtout depuis qu'étant tout à fait en bons termes avec le médecin, je lui avais demandé ce qu'il fallait penser du cas de Rablot. Or il me confia que ce mal lui semblait relever de ma compétence plutôt que de la sienne.

Le jour où je fus renseigné de la sorte, la soirée était trop avancée pour que je me rendisse à Macherin. Je décidai donc d'attendre au lendemain, et, dès ma messe dite, d'aller chez Rablot. Je ne craignais pas d'être rebuté car sa sœur pratiquait d'une façon assez suivie et lui-même, je vous l'ai dit, m'avait toujours témoigné de la déférence. Mais Dieu abrégea le délai, voici comment.

Vers dix heures, je venais de terminer la récitation de mon bréviaire et j'allais monter me coucher quand la sonnette de l'entrée retentit avec violence. Si tard, ce ne pouvait être que pour une raison grave. Je me hâtai d'ouvrir et, à la clarté de la lune, je reconnus Henri Brevard, un jeune bûcheron de Macherin qui avait été l'un de mes enfants de chœur jusqu'à sa première communion et que je comptais, à présent, parmi les membres les plus assidus de ma société de tir. Il tenait sa bicyclette par le guidon et m'apparut très pressé.

— Bonsoir, Henri, lui dis-je, il y a donc le feu que tu as sonné si fort ?

Tout essouflé de sa course, il me répondit : — Ah ! monsieur le Curé, j'avais peur que vous soyez déjà endormi et je voulais vous réveiller le plus vite possible. Excusez-moi, mais Rablot est très mal ; on croit qu'il ne passera pas la nuit. Il vous réclame et comme il a également fait chercher le maire et l'adjoint, on suppose qu'il a quelque chose d'important à régler avant la fin. C'est sa sœur qui m'envoie et elle m'a chargé de vous prier de ne pas perdre une minute. Aussi, j'ai pris ma bécane.

— Tu as bien fait, et le plus simple c'est que j'enfourche la mienne et que je t'accompagne.

Ainsi côte à côte, nous fûmes vite rendus à Machérin car la nuit était sereine et la route en bon état. Dans l'épicerie, avec la sœur de Rablot, tout agitée de chagrin et d'angoisse, je trouvai le maire, M. Brice, qui est ce gros marchand de bois que vous connaissez et son adjoint, le boulanger Tourette. Tous deux semblaient fort étonnés de cette convocation à une heure aussi tardive. Après des salutations brèves, je me tournai vers la sœur de Rablot. Mais je n'avais pas ouvert la bouche qu'elle s'écria : — Je vous en supplie, Messieurs, montez tout de suite voir Alcide. Il dit qu'il va mourir et qu'il ne veut pas s'en aller sans avoir fait, devant les autorités, une révélation qui lui pèse sur le cœur !...

Il n'y avait pas à délibérer. Brevard se retire. Nous gravissons l'escalier et nous pénétrons dans la chambre du malade. Etant donnée mon expérience des agonies, je saisis immédiatement que le pauvre homme était en effet bien bas : sa face, jadis rubiconde, était livide, luisait comme enduite d'une sueur funèbre et ses doigts décharnés griffaient le drap comme s'il tâchait de le ramener par-dessus sa tête. Aussitôt qu'il nous aperçut, il eut une exclamation de joie et fit un effort pour nous accueillir : — Ah ! vous êtes bons d'être venus quand je vous appelais ! Vous m'écouterez, n'est-ce pas ? Mais il ne faudrait pas m'interrompre parce que je n'ai plus de forces et c'est important que j'aille jusqu'au bout de ce que je me suis juré de vous apprendre... Asseyez-vous tout près de moi.

Faire des cérémonies eut été fort intempestif en la circonstance. Chacun prit une chaise et nous nous penchâmes vers le moribond.

Alors, d'une voix lasse mais parfaitement distincte, et où l'on percevait la volonté de se libérer d'une obsession longtemps secrète, Rablot prononça cet aveu : — C'est Alexandre et moi qui avons tué Sampité...

Le maire et Tourette tressaillirent. La sœur poussa un gémissement lugubre. Et je ne pus retenir un geste d'épouvante. Rablot nous lança un regard de détresse et se tordit les mains. Lamentable, il reprit : — Je le savais que je vous ferais horreur ! Et pourtant je dois parler ou ce serait pour rien que j'aurais tant souffert à me rappeler mon crime... Par pitié, ne me tournez pas le dos, écoutez-moi !...

J'intervins : — Mon ami, dis-je, c'est Dieu qui vous inspira de nous révéler cette faute affreuse, Qu'Il en soit béni ! Maintenant, vous vous repentez et le sang versé crie contre vous. Soulagez donc votre âme en peine. Nous vous écouterons.

Rablot me fit un signe de gratitude. Une lueur ranima ses prunelles presque éteintes et il reprit : — Quand nous sommes sortis de prison, nous étions furieux d'avoir eu le dessous avec Sampité ; nous n'avions qu'une idée : nous venger de lui. Mais je crois que, dès lors, Alexandre avait résolu de supprimer notre ennemi tandis que moi, je ne voulais que lui donner une correction dont il se souviendrait longtemps. Ce n'est pas tout de suite que nous avons causé là-dessus. Où nous nous étions mis d'accord, c'était pour faire semblant d'être intimidés et pour éviter toute occasion de procès-verbal afin qu'il ne se doute pas que nous mijotions une revanche. Et c'est ainsi que, pendant trois mois, nous avons suspendu la braconne. Sûrement, je rageais de laisser le gibier en re... os et je n'arrêtais pas de rouler dans ma tête des combinaisons pour réduire Sampité. J'en rabâchais à l'oreille d'Alexandre mais lui me répétait : — Patience, nous ferons le nécessaire... Et, en disant cela, il avait un rire en coin qui n'annonçait rien de bon pour le garde.

Le jour du crime, il sut m'entraîner à boire dès le matin. D'ordinaire, quand nous ribotions ensemble, l'alcool me faisait jacasser, chanter, cabrioler jusqu'à l'abrutissement final. Mais, cette fois, je n'avais pas envie de rire. Plus je buvais, plus je devenais sombre. Cette pensée me taraudait la cervelle et ne me quittait pas : flanquer une telle leçon à Sampité qu'il n'oserait plus nous espionner. Je proposai ceci : le surprendre à la brune, nous masqués et déguisés, le plonger dans le lavoir de Gougny et lui garder la tête sous l'eau jusqu'à ce qu'il soit presque asphyxié. Comme il faisait froid, il attraperait tout au moins une fluxion de poitrine. Ça le calmerait et, durant qu'il serait à se soigner, nous aurions le champ libre.

— C'est pas suffisant, répondit Alexandre, ce fouinard de malheur est solide, il n'attrapera même pas un rhume.

Et il m'entonnait de l'eau-de-vie.

La nuit venue, il jugea que j'étais à point. Il me fixa de ses vilains yeux couleur de boue et il me dit sans plus de mitaines : — La question, ce n'est pas d'inventer une farce de gosse, c'est d'écarter définitivement Sampité de notre chemin. Je l'ai suivi de près, depuis une quinzaine, et je sais qu'il passera vers une heure aux monts de Fay. Il y a du brouillard ; dans un moment, tout le monde sera couché et personne ne nous verra sortir du village. Nous prendrons nos fusils et nous irons nous tapir à un endroit que j'ai repéré et quand il arrivera, — paf ! nous lui casserons une patte ou deux.

Quoique j'étais bien saoul, ça me parut excessif. Je me récriai car, — j'en fais serment devant Dieu — je n'avais jamais eu le désir d'estropier notre ennemi. Une râclée, soit, du sang, non !...

Alexandre m'écoutait la bouche tordue de mépris et me traitait de *foie-blanc*. Puis, remplissant mon verre, il se mit à me rappeler, avec des mots venimeux, toutes les vexations que le garde nous avait faites et cet air qu'il avait de se ficher de nous depuis notre condamnation. Tout ce baratage de mes ennuis finit par me mettre sérieusement en colère ; et aussi je buvais coup sur coup sans y prendre attention. Résultat, je m'écriai : — Eh bien, ça y est, va pour le fusil et lâche qui s'en dédit !..

A présent, j'étais comme fou et j'avais un brasier sous le crâne. Nous chargeons nos fusils à balle, nous gagnons la colline et nous nous accroupissons dans un fossé plein de fougère où nous étions très bien cachés. Vers une heure, comme Alexandre l'avait prévu, voilà Sampité qui s'amène. Il marchait lentement, sans méfiance et il faisait la mine d'un qui a sommeil et qui ne serait pas fâché d'avoir fini sa tournée. Sitôt qu'il nous eut dépassés, Alexandre me chuchote : — Tire à la jambe droite, moi, je vise la gauche...

Sans raisonner, sans hésiter, j'ajuste et je presse la détente — mais Alexandre réserve son coup.

Sampité trébuche, pousse un cri et s'écroule.

— Allons regarder sa gueule de près, me souffle Alexandre. Nous approchons ; le garde nous voyant surgir devant lui, tandis qu'il essayait de se relever, nous dévisage tour à tour. Je ne sais quelle figure je faisais mais j'étais dégrisé et déjà je regrettais d'avoir tiré. Mais Alexandre avait un regard si terrible que Sampité se sentit mort. Il se souleva, comme il put, sur son coude et me dit d'une pauvre voix chevrotante que j'entends toujours : —

Rablot, j'ai une femme et un enfant et je vais en avoir un autre !..

Je l'aurais secouru, je le jure, mais, avant que j'aie fait un pas, Alexandre hurle : — Tais-toi, canaille !.. Il met en joue, vise droit au cœur et tire. Sampité retombe, avec un grand râle. Une seconde, et tout fut fini...

Rablot, épuisé, se renversa sur l'oreiller. Il tremblait, de grosses gouttes de sueur lui glissaient du front. — A boire, murmura-t-il, j'ai encore un peu à dire...

Sa sœur lui apporta une tasse de tisane et lui essuya le visage. Puis, sans que j'eusse besoin de l'encourager, il reprit : — Vous savez comment nous avons réussi à éviter l'arrestation. Tant que durèrent les recherches, j'étais surtout préoccupé de ne pas fournir d'indices à la gendarmerie ; j'avais peur de la guillotine et cela m'empêchait d'examiner ce qui se passait en moi. Mais lorsque il devint à peu près certain que je ne serais pas découvert, voilà que je ne pouvais plus penser qu'à cette horrible affaire. Je revoyais le meurtre de Sampité et, aussi, la mort de sa femme et de son enfant telle qu'on me l'avait racontée. C'était comme si l'on me trouait le cœur et la tête avec une vrille. J'en parlais à ce misérable Alexandre et pas pour m'en vanter — ah ! certes non ! Mais lui semblait tout à fait insensible. Il

se moquait de moi et il n'avait qu'un refrain :—
Personne ne nous embêtera plus... Une brute,
une pierre, je vous dis !

Cette façon ignoble d'envisager notre crime
me dégoûta si fort que je ne tardai pas à
l'exécrer. Vivre sous le même toit qu'un pareil
individu me fut insupportable. Je lui signifiai
de déguerpir. Lui prétendit d'abord s'incruster.
Alors, je lui déclarai que s'il s'entêtait j'irais
nous dénoncer tous les deux à la police. Et je
crois que je l'aurais fait, car j'aimais mieux
n'importe quoi que de subir plus longtemps sa
présence. Il comprit que ce n'était pas une
phrase en l'air et il partit en me crachant de la
haine à la figure.

Une fois seul je me sentis d'abord un peu
soulagé. Mais quand je lus sur le journal
comment, quelques jours après, il avait été
écrasé par un train, j'eus froid dans les os. Je
ne suis pas assez instruit pour vous expliquer
très nettement tout ce que j'éprouvais. Ce que
je puis vous affirmer, parce que c'est la vérité
même, c'est qu'il y eut comme une voix, au dedans de moi, qui me répétait : Alexandre a
reçu sa punition, tu recevras la tienne !...

Depuis ce moment, je n'ai plus eu jamais
faim, je n'ai plus dormi. Et puis la chasse, cela
me dégoûtait ; rien que de regarder mon fusil
me donnait la nausée : je voyais du sang sur la

crosse ! Et enfin, continuellement, j'entendais Sampité me demander la vie et je me représentais sa femme cramponnée à son cadavre. Ça, c'était le plus atroce ! J'en meurs, frappé par le Bon Dieu — et je trouve que c'est juste...

Il se tut, joignit les mains et ferma les yeux. Dans la chambre, on n'entendit plus que sa respiration haletante. Sa sœur, le tablier en tampon sur la bouche, étouffait des sanglots. Brice, Tourette et moi, nous demeurions comme pétrifiés sur nos chaises. A la fin me repris assez pour me lever et toucher Rablot à l'épaule. A ce contact, il ouvrit les paupières, et dit d'une voix tout entrecoupée et soudain toute débile : —Monsieur le Maire, vous aurez, n'est-ce pas, la bonté d'écrire à la justice ce que je viens d'avouer. Il ne faudrait pas qu'un jour ou l'autre, un innocent soit inquiété à cause de mon crime...

Le maire, incapable d'articuler une syllabe, acquiesça de la tête.

— Merci, reprit Rablot, et merci de m'avoir écouté jusqu'au bout... Et puis, je vous dis adieu ainsi qu'à Tourette... Laissez-moi seul avec M. le Curé, nous avons encore à causer lui et moi...

Je reconduisis les assistants jusque sur le palier. Personne n'avait formulé la moindre réflexion. Mais quand nous fûmes hors de la chambre M. Brice dit, d'un ton qui prouvait la violence de son émotion : — Monsieur le Curé, avant d'avoir entendu ce malheureux, je ne croyais pas à grand chose. Maintenant, je sais que Dieu existe.

— Pour sûr, M. Brice a raison, appuya Tourette, moi, je pense comme lui...

Je pris congé d'eux fort remué, moi aussi, et je retournai au chevet de Rablot. La grâce divine m'octroya ce qu'il fallait dire pour l'assister durant son agonie. Je le confessai, je l'exhortai. Au cours de ce dernier entretien, je ne cessai d'admirer combien la souffrance morale, issue du remords, avait affiné cette âme désormais soustraite au Démon. Ensuite, le matin étant venu, j'allai dire ma messe et je revins tout de suite après, apportant l'Extrême-Onction et le Saint Viatique. Rablot n'avait plus la force de parler mais il gardait sa connaissance et ses regards me prouvaient qu'il s'unissait humblement à mes prières. Les rites accomplis, je me rassis près de lui, et ma main dans sa main, je commentai doucement l'Evangile sur Lazare. Comme je prononçais la phrase : *Je suis la Résurrection et la Vie*, Rablot exhala un long soupir et entra dans la paix de Celui qui nous a donné cette parole...

Il avait fait un testament qui désignait sa

sœur comme légataire universelle à charge de
verser, chaque année, une somme suffisante
pour assurer le nécessaire à l'orpheline des
Sampité (1).

L'abbé Moret, ayant achevé son récit, s'absorba dans une méditation profonde que je me
gardai de troubler. Ce ne fut qu'assez tard
dans la soirée qu'il parla de nouveau. Il dit
très bas, comme en oraison : — *Violenti ra-
piunt cœlum...* Jésus erre par le monde, cher-
chant des âmes pour les embraser au foyer de
son cœur douloureux. Les tièdes, ceux dont il
a, lui-même, précisé qu'il les « vomissait » ne
soupçonnent guère sa présence. Mais les ar-
dents, les violents sont l'objet chéri de sa sollicitude. Afin de s'acquérir leur nature impétueuse, il les met en croix, à sa droite, sur le Calvaire. L'orgueil de vivre se brise en eux par la
souffrance et ces éprouvés lui demandent humblement de « *ne pas les oublier lorsqu'il sera
dans son royaume* ». Le Maître leur répond : —
Mon royaume, c'est ton âme ; j'y fais briller
l'aube de ta rédemption et les premières clartés

---

(1) Sampité est le seul nom de personne qui n'ait pas
été modifié au cours des deux récits qu'on vient de lire.
Plusieurs guides de la forêt indiquent l'endroit où
s'élève le monument commémoratif, entre autres, celui
de Charles Collinet.

du Jour qui n'aura pas de fin. Alors, pressentant la Béatitude, ils s'en vont, pleins d'amour et d'espérance, parfaire leur rachat en Purgatoire...

AU JARDIN DE LA SOUFFRANCE

> *La souffrance, quand la Grâce
> l'accompagne, est un grand
> prêtre qui dispense des mys-
> tères inconnus à ceux qui n'ont
> pas souffert.*

ROBERT-HUGH BENSON : l'Amitié de Jésus.

AU JARDIN DE LA SOUFFRANCE

Dans mes livres précédents, j'ai nommé plusieurs fois Lapillus et l'on m'a demandé si ce personnage était un être de fiction ou s'il existait réellement. Eh bien, Lapillus existe. Mais, comme il a choisi pour devise cette phrase de *l'Imitation* : *Nesciri et pro nihilo reputari* et qu'il la met en pratique autant qu'il le peut, je ne donnerai pas beaucoup de détails sur lui. Toutefois, je spécifie que c'est un mystique, c'est-à-dire un contemplatif qui, suivant l'expression de l'Aréopagite, « non seulement comprend mais encore sent les choses de Dieu » (1). Pour le surplus, j'ajouterai qu'ayant,

(1) Ού μόνον μαθών, αλλά καί παθών τά θεῖα. (Pseudo-Denis l'Aréopagite : *Des noms divins* II, 9). — La traduction donne le sens, mais elle ne rend pas toute l'énergie synthétique du texte grec.

Il importe de remarquer que cette formule n'a trait qu'à la *Mystique divine*, car le diable étant le singe de Dieu — il y a une contrefaçon diabolique dont des exemples contemporains nous sont fournis par Raspoutine et, dans un autre ordre de faits, par la Mesmin et ses adeptes. Il existe aussi certaines dispositions naturelles qui présentent quelques ressemblances superficielles avec les grâces que Dieu envoie aux contemplatifs.

comme lui, vécu longtemps dans la forêt, aimant, comme lui, la solitude et l'oraison, étant, comme lui, presque toujours malade, je partage ses façons de voir sur un grand nombre de points. Ce sont quelques-unes de ses réflexions, notées fraternellement à la suite de nos entretiens, que je rapporte ci-dessous. Peut-être seront-elles profitables aux âmes de bonne volonté qui estiment qu'ici-bas cultiver et accroître en nous l'amour de Notre-Seigneur constitue l'essentiel de notre raison de vivre.

Mais le propre de l'état mystique conforme à l'orthodoxie c'est qu'il est toujours accompagné d'ascétisme persévérant et d'une soumission totale à l'Eglise. Or ce n'est certes pas le cas des faux mystiques qui, selon leur nature impulsive, se montrent rebelles à toute discipline et encore moins le cas de ceux qui s'inféodent à Satan par sensualité ou par orgueil. Il était indiqué de rappeler ces notions élémentaires dans un temps où l'on voit des politiciens ineptes se jeter à la tête le terme de « mystique » comme une injure et aussi des médecins et des physiologistes entasser, avec une assurance bouffonne, des dissertations sur les Mystiques où l'ignorance religieuse le dispute à l'infatuation matérialiste. — A signaler également les divagations de l'hérésie. Exemple : un moderniste incurable, M. Henri Brémond, dans un livre décousu et bâclé, comme presque tout ce qu'il publie, assimile l'état d'âme mystique à l'état d'esprit romantique. M. le chanoine Halflants, théologien expert et bon lettré, l'a, d'ailleurs, réfuté d'une façon définitive dans ses *Etudes de critique littéraire* (1 vol. chez Giraudon).

*_**

Hortus conclusus. — Il est un jardin clos de murailles si élevées que ceux qui craignent la souffrance ne les franchiront jamais. Sa porte ne s'ouvre qu'aux prédestinés dont les pieds se sont meurtris à suivre docilement Jésus dans la voie douloureuse — jusqu'au Golgotha.

Autour du jardin, le monde se vautre dans une fange de luxure stérile et d'or putride. Les affolés de la chair poursuivent vainement l'infini en ces galas décevants que le Prince de l'Orgueil et de la Révolte offre aux convoitises de leurs cinq sens. D'autres, — devant l'idole peinte de couleurs criardes qu'ils invoquent sous le nom de Progrès, — jurent que demain, sans faute, les pauvres sciences humaines leur livreront le secret du bonheur universel. Tous, reniant le Dieu qui les créa, lui signifient : — Nous ne voulons plus de toi, nous ne croyons plus en toi. Depuis que nous t'avons chassé de notre âme, nous connaissons la joie de libérer nos instincts !...

La joie ? — Mais alors, pourquoi l'écho de leurs clameurs résonne-t-il si tristement aux oreilles des élus de la Croix qu'un rayon du Saint-Esprit conduisit au jardin de la souffrance pour leur enlever toute envie d'en sortir ?

C'est que là s'épanouissent à foison les roses de l'amour divin — roses de pourpre, roses lumineuses, roses du paradis entées sur un églantier de la terre, roses dont le parfum baigne l'âme qui le respire dans un fleuve d'éternelle Jouvence.

La jardinière qui assemble, en sept massifs, toutes ces roses, c'est Notre-Dame des Douleurs : — Cueille celle-ci, nous dit-elle, et encore celle-ci et puis celle-là, et cette autre... N'hésite pas à te déchirer les doigts aux épines qui défendent leurs tiges; chaque blessure te vaudra un surcroît de grâces. Maintenant, serre cette gerbe contre ton cœur afin que lui aussi soit maintenant déchiré comme le mien ne cesse dè l'être tant que dure l'agonie de mon Fils... Et quand nous lui avons obéi, elle nous commande de porter notre récolte embaumée et sanglante aux pieds du haut Crucifix qui, d'un tertre abrupt, domine le jardin.

Nous faisons notre offrande. Et Notre-Dame, montrant les chemins qui sillonnent les massifs, nous dit encore : — Dans le jardin de la souffrance, tous les sentiers partent de la Croix, reviennent à la Croix. Fleurir la Croix, c'est la joie unique, celle que le monde ne peut ni ressentir ni concevoir.

Aces mots, l'allégresse du sacrifice déborde

de notre âme. Nous nous agenouillons et nous chantons :

Sancta Mater, istud agas :
Crucifixi fige plagas
Cordi meo valide !....

Et le parfum des roses, avec notre cantique, monte, comme un encens, vers l'Agneau de Dieu, immolé pour notre salut et pour celui des malheureux qui, l'ayant renié, s'enlisent — là-bas, hors des murs, — dans le marécage où les égara la danse railleuse des feux-follets que le Démon y allume sans trêve....

* * *

BEATA SOLITUDO. — A diverses reprises, j'ai rencontré des gens qui me demandèrent si je ne m'ennuyais pas dans ma solitude. A chaque fois, j'ai pu leur répondre : — D'abord, amis, si je m'y ennuyais, rien ne me serait plus facile que de la faire cesser, étant donné qu'elle est volontaire. Mais il y a autre chose, ceci : plus je suis seul, moins je suis seul.

Cette assertion parut les étonner. Je leur expliquai : — Rappelez-vous ce que dit Notre-Seigneur : « *Si quelqu'un m'aime, il gardera ma parole et mon Père l'aimera et nous viendrons à lui et nous établirons en lui notre demeure* ».

Or, d'une façon bien imparfaite, mais en

m'appliquant à le servir à l'exclusion de tout
autre maître, j'aime Jésus. Comme, passant
outre à l'insuffisance du pauvre logis que je lui
offre, il daigne me faire l'incomparable faveur
d'y venir, j'en écarte les intrus, à savoir, autant
qu'il m'est possible, toute pensée, tout sentiment qui ne seraient pas de son obédience.
Pour cela, j'ai besoin de la solitude.

Certes, cette nécessité m'est personnelle
et ne signifie point que je tiens la solitude dont
il lui plut de m'inspirer le goût pour une règle
que tout fidèle doit observer. Je n'oublie pas
que Jésus a dit également : « *Il y a beaucoup
de demeures dans la maison de mon Père* ».
Je sais qu'ils sont en nombre ceux que Jésus
désigne pour le servir parmi les hommes, qu'ils
reçoivent des grâces à cet effet et que celles qui
font de moi un solitaire par dilection ne me
donnent nullement le droit de m'estimer supérieur à mes frères dans la foi. Je constate simplement le fait suivant : depuis que Jésus me
veut dans la retraite, depuis qu'en sa charité
ineffable, il m'y confère le privilège purement
gratuit de sa présence habituelle, le monde
m'apparaît un désert, la *terra invia et ina-
quosa* du Psalmiste. La plupart des discours
que j'y entends me produisent une impression
pénible ; c'est comme si des grains de sable,
emportés par le vent, n'arrêtaient pas de me

cingler cruellement les oreilles. Je ne puis donc plus m'attarder dans les endroits où s'agitent les foules . Si le service du Maître m'obligea d'y faire un bref séjour, dès ma tâche accomplie, je me hâte de regagner l'oasis où Jésus m'attend : ma bien-aimée solitude.

Là, c'est la grande paix, c'est l'oraison silencieuse où le rayonnement de Jésus transforme l'humble demeure en une basilique toute illuminée d'or solaire. Là, que je veille ou que je dorme, que des souffrances physiques me remémorent ma condition de créature pécheresse ou que le Mauvais tempête pour forcer la porte de mon âme, je ne suis jamais seul puisque je sens que mon Sauveur ne me quitte pas.

Peut-être que cette certitude provient d'une illusion ? Alors même je remercierais Jésus de la permettre car, régissant toute ma vie intérieure, elle m'infuse la pleine conscience que, Lui absent, je suis le plus fragile des fils d'Ève. Mais je contemple mon Dieu. Le contemplant, je découvre qu'au regard de cette Beauté absolue, j'ai laissé mon âme se rendre difforme par complaisance pour les choses périssables et, me souvenant qu'Il l'a créée à son image, j'ai honte d'avoir si mal travaillé à la rectifier d'après ce modèle de toute perfection. Heureusement, la miséricorde de Jésus m'ayant fait sentir qu'il a *établi en moi sa demeure*, je comprends désormais que je dois lui céder la place. Avec Jean le Précurseur, je m'écrie : — *Il faut que je diminue pour qu'Il grandisse !* — Et je me mets à l'œuvre pour n'être plus que le tapis où il posera ses pieds adorables.

Ainsi, peut-être, réaliserai-je un jour ce qu'exprime le cri de saint Paul : — *Ce n'est plus moi qui vis, c'est le Christ qui vit en moi !...* La tâche est effrayante mais que vaut le chrétien qui, n'accordant à Jésus que l'antichambre de son âme, se réserve un large salon pour y gonfler à l'aise cette baudruche ridicule : son orgueil ?

Je ne veux pas être celui-là. Toutes mes énergies s'emploieront à m'effacer devant Jésus par l'abnégation de moi-même. Si j'échoue, je n'aurai à en accuser que mon peu de foi, mon peu d'espérance, mon peu de charité car, lorsqu'il me prescrivit la voie étroite, mon Maître m'en facilita l'accès par ces deux grâces inappréciables : l'amour de la solitude — et la souffrance.

*

PER VIAM DOLOROSAM. — Il y a environ dix ans que je suis malade, mais ce n'est guère que depuis quatre ans qu'il plût à Notre-Seigneur de me faire appliquer à autrui le bénéfice de *toutes* mes souffrances. Certes, auparavant, je ne me confinais pas dans une pratique égoïste ; je priais tous les jours pour l'Eglise et pour ceux qui ne prient pas. Seulement, il ne m'était pas encore venu à l'esprit de me conformer davantage à la Passion du divin Maître en usant de mes épreuves comme d'un trésor qui me serait inépuisable pour le soulagement ou le rachat du prochain. Cette lumière me fut donnée un soir où je lisais le commencement de la IIe Epitre de saint Paul aux Corinthiens. Le voici : *Béni soit Jésus-Christ qui nous console dans toutes nos afflictions afin que nous puissions, nous-mêmes, consoler aussi ceux qui sont sous le poids de toute sorte de maux. Car, comme les souffrances du Christ abondent en nous, c'est aussi par le Christ que notre consolation abonde. Si nous sommes dans l'affliction, c'est pour votre encouragement et votre salut ; si nous sommes consolés, c'est pour votre consolation.....*

Ces phrases brûlantes, toutes radieuses des feux du Paraclet, portèrent dans mon âme une chaleur et une clarté soudaines. Je vis, je sentis que la solidarité des fidèles se manifeste surtout par l'entr'aide dans la souffrance et que, de la sorte, comme le dit ailleurs l'Apôtre, *ils accomplissent ce qui manque aux souffrances du Christ pour son corps qui est l'Eglise.* Je sus que, désormais, j'aurais à porter la croix non seulement pour moi-même mais, de préférence, pour quiconque reçoit le divin fardeau avec joie, avec résignation, avec peu de courage ou avec murmures. Et l'assurance m'étant donnée que la consolation abonderait en mon âme à la mesure de mon sacrifice, je me mis à l'œuvre sans retard. A la messe quotidienne, à la communion, j'offris mes souffrances à des intentions de tout genre : pour la patrie que déchirent des factions athées, pour les pauvres miens, vaguant dans les ténèbres d'une morne indifférence, pour ceux dont la sollicitude délicate assiste le vieil éclopé que je suis, pour les âmes très chères qui, par leur ferveur renouvelée, m'attestent que le mince lopin dont Dieu me confia le labour dans le champ de l'Eglise ne produit pas d'ivraie, pour les brebis égarées, pour les déserteurs qui, ayant un matin vu le soleil se lever sur le Calvaire, lui ont tourné le dos et n'ont pas tardé à rejoindre la nuit d'où ils venaient, — pour bien d'autres encore...

Soit que j'eusse assez de force pour aller recevoir l'Eucharistie, soit qu'un surcroît de malaise me retînt à la chambre, je n'éprouvai plus, en ce qui me concerne, que le besoin de formuler cette prière : — Seigneur, faites que ma volonté soit toujours la vôtre. Rien de plus et tout le reste : oraisons, grâces reçues par la Sainte Hostie, grâces reçues par le renoncement au monde, souffrances continuelles de mon corps délabré, je les apporte à Jésus afin que, frappant ces médailles à son effigie, il les distribue aux âmes qu'il daigne désigner à son esclave infime.

Il s'ensuit qu'au réveil, dès les yeux ouverts, je demande : — Seigneur, au service de qui devrai-je souffrir aujourd'hui ? Il est rare que j'aie à réfléchir, la réponse me vient en général tout de suite et parfois d'une façon bien inattendue...

Ici, Lapillus hésitait à continuer. Mais j'insistai si fort pour en apprendre davantage qu'il finit par me céder. Il reprit : — Depuis longtemps, j'ai coutume de prier pour les agonisants. J'y suis incité par une inscription lue naguère dans une chapelle de religieuses cloîtrées. Un matin que j'y entrais pour assister à la messe, je remarquai une petite pancarte accrochée au-dessus du bénitier et où ces mots étaient tracés : « On rappelle humblement aux personnes qui prendront part au Saint Sacrifice dans ce sanctuaire qu'en ce moment même des âmes vont comparaître devant Dieu et on les recommande à leurs prières ».

Ce *memento* m'impressionna. Je me représentai qu'en effet, nous oublions trop facilement qu'à chaque minute de notre existence transitoire, le doigt de la mort fait signe à des âmes souvent mal préparées pour le jugement, souvent aussi abandonnées de tous et qui se tordent dans les angoisses d'une agonie que hante le spectre de la désespérance. Pis encore, il en est qu'une longue pratique de l'impiété pousse à refuser le secours de l'Eglise. J'éprouvai une violente compassion pour ces âmes à la dérive qu'un fleuve obscur emporte vers cet océan sans limite : l'Eternité bienheureuse ou à jamais malheureuse et je pris la résolution — à quoi je n'ai pas manqué — d'offrir tous les jours une prière pour ces infortunés. Mais je ne le faisais que d'une façon collective à moins que je ne fusse informé que quelqu'un de mes relations se trouvait sur le point de mourir.

Or, il n'y a pas très longtemps, j'avais eu à subir, pendant une nuit entière, un redoublement du mal qui me tient. Au lever, je me sentis si affaibli par cette crise que j'eus peine à m'habiller pour la messe. Je me forçai cependant, l'expérience m'ayant appris que pour un valétudinaire le meilleur des remèdes c'est l'Eucharistie.

A l'église, dès mon arrivée, je m'agenouillai sur mon prie-Dieu et, comme à l'habitude, je me recueillis afin de connaître à quelle intention j'offrirais mes souffrances de la journée qui commençait. Aussitôt, avant que j'eusse pensé à qui que ce soit, il me sembla que j'étais transporté dans une chambre que je n'avais jamais vue et auprès d'un agonisant totalement inconnu de moi. De chaque côté de son lit, deux femmes priaient ardemment et, de temps à autre, par des phrases timides, essayaient de le décider à recevoir un prêtre. Mais, d'un branle de tête négatif, il repoussait leurs instances et je devinais que si l'état d'extrême affaiblissement où il était réduit ne l'en eût empêché, il aurait proféré des blasphèmes tant le démon de l'impiété le possédait à fond.

Comment te dire ?... Je *voyais* son âme, et les sentiments de haine contre Dieu qui la corrodaient m'inspiraient simultanément de la terreur et de la pitié. Il me sembla que je recevais intérieurement l'ordre formel de lui venir en aide. J'obéis : cette messe, et la communion que j'y reçus, je les dédiai à sa rédemption. Puis, durant tout le Saint-Sacrifice, chaque fois que mon mal me lancinait, je répétais : — Seigneur Jésus, j'accepte cette douleur avec joie pour le salut du malheureux qui m'est montré ce matin... Ce disant, j'avais confiance que cette prière serait exaucée mais je spécifie que la curiosité ne me venait pas de me renseigner sur celui au profit de qui elle porterait fruit dans le cœur du Bon Maître. J'en fus pourtant informé; voici comment : le lendemain je rencontrai une veuve d'une haute piété dont je savais qu'elle dépensait toute son existence à cons)ler des familles dans la peine. Des circonstances inutiles à rapporter nous avaient mis en relations. D'ailleurs, je ne la voyais que rarement et nos entretiens étaient brefs, car la mission de dévouement où elle s'absorbait ne lui laissait que peu de loisirs. Mais ce m'était toujours un réconfort d'entendre la voix si douce de cette sexagénaire et d'admirer dans son regard, ingénu comme celui d'un enfant, le feu sacré qui lui consumait l'âme.

Elle me dit de prime-saut : — Je suis bien contente!... Figurez-vous que je m'intéressais à un pauvre homme, franc-maçon militant et qui, depuis des années, combattait l'Eglise avec rage. Sa femme et sa fille sont de ferventes chrétiennes. — Elle prononça leur nom et c'était celui de personnes dont je n'avais jamais entendu parler. — Puis elle poursuivit : — Jugez combien ces dames, avec qui je suis liée, ont souffert de vivre auprès d'un ennemi acharné de leur foi dont ni l'affection qu'elles lui prodiguaient ni leur patience à supporter ses outrages et ses moqueries n'avaient pu atténuer la fureur anti-religieuse. Il y a une quinzaine, une néphrite l'a pris qui s'est aggravée rapidement. Il fut bientôt au plus mal et le médecin le déclara perdu. Il se rendit compte de son état mais on aurait dit que le sentiment de sa fin prochaine surexcitait son esprit sectaire car il n'arrêtait d'invectiver la religion. J'aidais mes amies à le soigner et je vous affirme qu'il nous fallait le secours d'En-Haut pour ne pas reculer devant le flot d'invectives sacrilèges que vomissait sa bouche. Aussi, nous nous attachions à multiplier les prières et j'en demandais de tous côtés... Eh bien, Dieu nous entendit. Hier matin, vers sept heures, le malade tomba dans une grande prostration. Il baissait à vue d'œil. Sa femme et sa fille lui demandèrent très doucement de recevoir un prêtre. Il ne pouvait plus parler, mais, d'un mouvement de tête opiniâtre, il refusait d'accéder à leur désir et nous ne pouvions nous tromper sur son endurcissement car ses yeux ne cessaient d'exprimer la colère et l'impiété. Nous nous disions, — avec quel chagrin ! — qu'il s'en irait sans s'être réconcilié. Ne sachant plus que faire, je me prosternai sur le carreau, j'invoquai le Sacré-Cœur et le suppliai mentalement de faire qu'un miracle de conversion se produisît avant qu'il fût trop tard... Chose singulière, tandis que je priais, j'avais comme l'intuition que, quelque part, au dehors, sur l'ordre de Notre-Seigneur, on agissait pour le sauvetage de cette âme si proche du Démon.

Tout-à-coup, la fille s'écrie : — Regardez-le !... Anxieuses, nous nous rapprochons du moribond et nous demeurons stupéfaites... Monsieur, sa physionomie était transfigurée. Sardonique et comme couverte d'ombre quelques secondes auparavant, elle marquait à présent une humilité totale et semblait éclairée d'une lumière indicible. Et il parle et il dit : — Je vois !... Je veux me confesser...

Que voyait-il ? Nous ne l'avons pas su. Sans perdre de temps à l'interroger, je courus chez le vicaire de la paroisse. En le ramenant, je lui appris ce qui venait de se passer et il fut très ému car il n'ignorait pas le passé du malade. Celui-ci attendait le prêtre avec anxiété. Il se confessa, reçut l'Extrême-Onction et demanda pardon à sa femme et à sa fille de les avoir si sauvagement persécutées. Un quart d'heure après, il rendit doucement son âme à Dieu... Quelle merveille, n'est-ce pas !...

J'aurais voulu lui demander de me préciser quelques points de ce récit sommaire. Mais la sainte femme était attendue et cela pressait. Elle me le dit en s'excusant de me quitter aussitôt et en me promettant de venir chez moi dès qu'il lui serait possible afin de m'exposer ses conjectures touchant certains détails de cette extraordinaire agonie. Malheureusement, nous n'eûmes pas l'occasion de nous retrouver ensemble. Peu après, je dus faire un voyage qui eut cette conséquence que je me fixais dans un autre endroit, de sorte que je n'en ai pas appris davantage. Mais il va sans dire que ma pensée se reporte souvent à cette épisode de ma vie errante. Peut-être est-ce de la présomption : je ne puis m'empêcher de croire qu'il y eut autre chose qu'une coïncidence fortuite entre l'image qui me fut imposée à la messe et le fait indubitable de cette conversion *in extremis...*

Lapillus se recueillit quelques instants puis il reprit : — Je te l'ai déjà dit : nous baignons dans le Surnaturel. Chez la plupart de nos contemporains dont les yeux sont oblitérés par une taie de matérialisme, la notion s'en est perdue. Et, chose plus triste, il ne manque pas de catholiques qui raisonnent et agissent de façon à faire supposer qu'ils partagent cet aveuglement. Mais lorsqu'on met du bon vouloir à souffrir avec Jésus, on acquiert de la lucidité. Car c'est seulement du haut de la Croix qu'on découvre le monde non tel que les gens du siècle se le représentent mais tel qu'il existe au regard de la Sagesse éternelle.

*
* *

STELLA MATUTINA. — Une nuit vient de passer qui fut d'insomnie et de fièvre. Voici que l'ombre se retire pas à pas et que, les yeux fixés sur la fenêtre, je commence à découvrir, entre deux toits en pente, un petit coin de ciel pur où blanchit la première lueur de l'aube. Une étoile discrète y scintille qui bientôt s'effacera dans la clarté grandissante... Etoile du Matin, sourire de Notre-Dame, tu me pacifies, tu me vivifies, tu écartes les spectres qui, durant ces heures, si lentes à s'écouler, hantaient ma veille douloureuse, pesaient sur ma poitrine et troublaient de leurs chuchotis incohérents le silence nocturne !...

— Mon enfant, dit Notre-Dame, afin que tu supportes, avec abnégation, la journée de souffrance qui se prépare, je vais maintenant te faire entendre l'hymne annonciateur de la Rédemption tel qu'il sonne pour les bienaimés de mon Fils, depuis Nazareth.

Alors, d'un clocher voisin, l'Angelus s'élance et ses notes argentines se dispersent dans l'atmosphère immobile comme un vol de colombes aux ailes d'arc-en-ciel. Une fois de plus, le Verbe se fait chair, une fois de plus, pour « achever la Passion » il consent à souffrir uni au plus faible de ceux qu'il tira de l'abîme.

Mon cœur bat doucement au rythme du cantique ; mes paupières se ferment enfin. Murmurant un *Ave Maria* je m'assoupis dans la nappe d'or glorieux dont le soleil levant emplit la chambre. Et, comme en rêve, je sens la main fraîche de la Vierge maternelle me caresser le front...

Plusieurs qui erraient, par les labyrinthes désolés de la vie, sur ce globe où la bêtise et la méchanceté humaines s'acharnent à déformer l'œuvre de la Création, ont connu cette merveilleuse tendresse de l'Immaculée. Tel, l'auteur d'un livre posthume, récemment paru et que j'ai sous les yeux : Jacques Rivière. Soldat au début de la guerre, fait prisonnier par les Allemands à la fin d'août 1914, il fut interné au camp de Kœnigsbruck où il passa plus de trois ans. Là, parmi les tristesses et les rancœurs de la captivité chez les barbares hérétiques, la Grâce le toucha. Comme il avait à peu près perdu la foi depuis quelques années, il ne se rendit pas sans luttes. Ainsi qu'il arrive toujours, dans les crises d'une conversion, le Mauvais multipliait les embûches pour entraver sa marche vers la Lumière. Un de ses amis écrit à ce sujet : « Parce qu'il a été en perpétuel débat avec lui-même et dans une incessante difficulté avec son propre cœur, nous avions craint que Jacques Rivière ne fût en péril.

Nous nous mettions en peine. C'est, en effet, avec un sentiment de tristesse que nous le voyions incertain, opprimé par le détail, encombré par sa complexité. Nous avions cru devoir *stigmatiser* — comme il disait — son inquiétude, car nous sentions qu'il prenait à refuser de se réduire sous le prétexte d'y voir clair, une sorte de délectation [morose] qui l'éloignait de Dieu, — de la « terrible simplicité de Dieu ».

Parmi ces luttes, aux heures où il laissait l'oraison mettre de l'ordre dans ses sentiments, il écrivit des pages de méditation religieuse que j'estime singulièrement pénétrantes. « Nous l'y découvrons avec cette âme pénitente, saturée de tendresse, agrandie de misère, vraiment ivre de renoncement que la guerre lui avait faite, et qui, comme éblouie par la Lumière divine, s'est sentie, à l'heure de mourir, *miraculeusement sauvée.* »

En effet, Rivière est mort, l'an dernier, jeune encore, et tout-à-fait reconquis à la Vérité unique (1). Voici un fragment de son livre où l'intercession de la Vierge apparaît évidente :

Hier soir en récitant le Salve Regina, *encore*

(1) Le livre de Jacques Rivière s'intitule : *A la trace de Dieu* (1 vol. chez Gallimard). On le signale comme auxiliateur pour les jeunes « intellectuels » qui hésitent à la croisée des routes de la pensée contemporaine.

une de ces découvertes délicieuses comme on en fait de temps en temps dans les prières ; une de ces phrases faites pour moi, que j'avais prononcées jusqu'ici sans en sentir le goût, dont tout à coup le délice s'est délié dans ma bouche : Et Jesum, benedictum fructum, ventris tui, nobis post hoc exsilium ostende ! Promesse qui m'est faite dans l'exil, volupté qui m'est tendue doucement au fond de cet abîme où je suis. Tout un réseau, tout un nid de bonheur encore, posé dans mon avenir que je n'ai plus qu'à attendre, qu'à atteindre. Jésus, comblez-moi de vous, quand je serai sorti d'ici. Que je ne vous oublie pas ! Que je ne sois plus jamais sans vous ! Que votre tendresse fonde mon cœur ! Donnez-moi cette dissolution au lieu des autres !

Comme il est mystérieux que les prières soient ainsi préparées à l'unique, qu'elles gardent dans leurs plis des mots qui se trouveront tout à coup, pour celui-ci ou celui-là, d'une propriété, d'une pertinence ineffables. Cela parle comme vous-même, avec votre tour et votre intonation ! Etranges réserves, prodigieux secours ménagés par Dieu avec cette adresse providentielle qui fait servir le général au particulier, qui met l'universel au service de chacun. Toute mon âme tout à coup résumée dans quelques humbles *paroles, usées, limées, polics par des millions de lèvres, plus neuves pourtant, plus prochaines, plus personnelles que toutes celles que j'eusse su inventer. Toujours le miracle par le plus simple.*

Ainsi, la Sainte Vierge accueille toute prière émise d'un cœur simple et confiant. Inutile de se battre les flancs pour lui adresser des vocables insolites; les mots qui, depuis des siècles, servent aux plus humbles des fidèles suffisent et même ils expriment nos états d'âme les plus anxieux et les plus complexes. C'est que Marie porte en elle la plénitude de la Grâce, l'amour de Dieu intégral. Sa mission, c'est de nous distribuer les aumônes de la Sainte-Trinité. Donc, lorsque nous disons : *Ave Maria* ou *Salve Regina*, nous sommes assurés qu'elle nous entend, qu'elle « tourne vers nous ses regards de miséricorde » et qu'elle nous conduit par Jésus notre Sauveur, à Jésus et en Jésus.

****

SUPER HANC PETRAM. — Pendant plus de quatre ans, les prétendus civilisés se sont massacré sur terre, dans les airs et sous les eaux depuis les confins du Pôle Nord jusqu'au Golfe Persique. Résultat : dix millions de cadavres, vingt millions de mutilés, des ruines innombrables, une recrudescence de haine entre les peuples qui portaient jadis le beau nom collectif de chrétienté. C'est ce que divers charlatans, masqués de philanthropie éventuelle, nomment le Progrès.

A présent, ils nous affirment que, l'idée de Dieu étant expulsée des intelligences capables de raisonnement, l'humanité se chérira bientôt en chacun de ses membres et posera ainsi les fondements du temple sublime où elle s'adorera elle-même. Afin que cette prophétie se réalise ils se sont réunis en un aréopage sur les bords d'un lac qui n'a rien de commun — et pour cause — avec le lac de Génézareth. Là, ils ont déclaré qu'ils avaient pour but d'établir la paix perpétuelle dans le monde.

— Ils aboutiront, s'écrient les Loges maçonniques de toute langue, car, se gardant bien d'invoquer la bénédiction divine sur leurs travaux, ils en ont écarté le personnage qui porte ce titre à jamais périmé : Vicaire de Jésus-Christ. Nous ne sommes plus au Moyen·Age, époque de ténèbres, comme n'en ignore quiconque reçut le bienfait d'une éducation sainement laïque. Aujourd'hui, les Droits de l'Homme ont remplacé les Commandements de Dieu. Par conséquent : silence au Pape !...

Or, tandis que les sectateurs du Progrès dégrossissent leurs matériaux pour reconstruire la Tour de Babel, sur cime où rayonne la Croix, le Pape n'a pas gardé le silence, Commentant le psaume : *Nisi dominus custodierit civitatem, frustra vigilat qui custodit eam,* Pie XI a dit: *Nulle institution humaine n'existe qui soit capable d'imposer à l'ensemble des nations un code de législation commune. On y parvint au Moyen-Age, dans cette véritable société des nations que fut la communauté des peuples chrétiens. Sans doute, et en fait, le droit y subissait des violations graves. L'inviolabilité du droit demeurait néanmoins intacte en son principe grâce à une règle tutélaire d'après laquelle étaient jugées les nations elles-mêmes. Or, il existe une institution divine qui est en mesure de sauvegarder l'inviolabilité du droit des gens, une institution qui appartient à toutes les nations. Elle possède l'autorité la plus haute, elle s'impose à la vénération par la plénitude de sa mission enseignante : c'est l'Eglise du Christ. Elle seule apparaît capable d'accomplir cette tâche.*

Mais les diplomates se sont bouché les oreilles ; les socialistes, pour étouffer cette voix importune, ont entonné l'*Internationale* ; et la Maçonnerie a fait retentir des claquettes de dérision.

Aussi, savez-vous ce qui arrivera ? On peut

l'annoncer presque à coup sûr : la seconde
Tour de Babel s'écroulera avant d'être bâtie
plus haut que le rez-de-chaussée. Les dissen-
sions humaines iront s'aggravant, c'est-à-dire
que les hommes, de plus en plus réfractaires
aux volontés d'En-Haut, se jetteront les uns
sur les autres en des conflits auprès de quoi la
guerre atroce dont nous saignons encore
n'aura été qu'une pâle idylle. Parque indifférente, la science découvrira des engins de destruction si effroyables qu'en un clin d'œil, des
villes seront pulvérisées. Peut-être aussi que
la menace asiatique prendra corps : les hordes
mongoles envahiront l'Europe sous les en-
seignes de la juiverie bolchevique et, comme
du temps d'Attila, où elles auront passé
« l'herbe ne poussera plus ». A supposer qu'on
les refoule, la société sera régie par cette Finance qui, de nos jours, affirme déjà son pouvoir souverain sur les relations de peuple à
peuple et qui promulguera l'idolâtrie de l'Or
et le pontificat brutal de la Banque. Ou, s'il y
a révolte, après avoir répandu des fleuves de
sang, la tyrannie socialiste animalisera les
hommes sous le niveau égalitaire et leur fera
trouver délectable de brouter à quatre pattes
sans jamais plus lever les yeux vers le Ciel.

Dès longtemps, l'Eglise a prévu ces suites
obligées du culte de la matière tel que l'ont

préconisé de soi-disant philosophies qui, niant Dieu, mirent leur confiance dans la raison humaine et dans une foi imbécile aux vertus de Caliban. Constatant les effets destructeurs de la folie démocratique, elle a remonté aux causes et elle les a dénoncées. Au xix° siècle, un grand pape, Pie IX, dans le *Syllabus*, énuméra les principes de décomposition que répandent les sophismes chers aux héritiers de la Révolution et repoussa le pacte que ces catholiques sans vigueur, les libéraux insinuaient d'établir entre la vérité de Jésus-Christ et les mensonges du démon. Au xx° siècle, un grand saint, Pie X écrase la tête de la vipère moderniste dont la bave amalgame toutes les hérésies qu'elles procèdent d'un rationalisme arrogant ou qu'elles s'inspirent d'une fausse mystique soufflée par l'enfer. Et voici que Pie XI, attestant le Christ roi des Nations, rappelle, selon l'Evangile, ce que doit être son royaume : Il dit :

Ce royaume s'oppose à celui de Satan : il demande à ses sujets non-seulement de renoncer aux richesses et aux biens terrestres mais encore de renoncer à soi-même et de porter sa croix.

Chaque fois que des membres de l'Eglise militante transgressent ce précepte, Dieu frappe l'ensemble des fidèles et, par le mérite, des innocents, maints coupables sont ramenés dans la voie étroite. C'est en se pénétrant de cette évidence que les catholiques pourront affronter les fléaux qui montent à l'horizon. Certes, il y aura des apostasies — et de plus en plus nombreuses. Les précurseurs de l'Antéchrist s'en autoriseront pour proclamer, de jour en jour, la mort de l'Eglise. Mais l'Eglise, qu'illumine une Révélation constamment renouvelée, sait que Jésus souffre en elle et c'est pourquoi, sous le signe de la Croix, elle vivra — jusqu'à la fin du monde.

ÉPILOGUE

Enfant-Jésus, je ne suis pas un Mage versé dans toute sorte de sciences et je ne puis te présenter des cadeaux somptueux. Berger hirsute, traînant mon corps maladif, je t'amène quelques brebis boiteuses et dont la toison s'est arrachée aux ronces de la lande où, lorsque je les rassemblai, elles grelottaient sous le vent glacé que souffle le démon.

Je t'apporte aussi une gerbe des fleurs de la forêt où mon âme est née à ta Lumière, où tu l'as détachée des choses périssables, où elle voudrait bien retourner pour y attendre que tu lui fasses franchir le seuil de la Vie éternelle. Voici l'or des genêts, voici l'encens des aubépines, voici, pour figurer les souffrances bienheureuses subies à ton service et le sang que je me réjouirais de verser pour toi, les baies rouges d'une touffe de houx cueillie au bord du sentier qui mène aux clairières de l'oraison.

Maintenant, Roi des pauvres, des affligés et des méprisés, puisque ta Mère me fait signe d'approcher, permets que je me blottisse au fond de l'étable, entre mon frère l'âne et mon frère le bœuf. Comme je suis très las, je m'assiérai sur la paille et je tirerai de mon pipeau les notes assourdies d'un cantique de Noël pour bercer ton sommeil.

Quand la grande paix, annoncée par tes anges aux vagabonds des routes de la terre, m'aura rendu un peu de force, j'irai mendier pour la Sainte-Famille. Ce ne sont point des monnaies que je solliciterai. Je dirai aux gens de la ville :

— Donnez-moi vos âmes ; je les porterai à la Vierge miséricordieuse afin qu'après les avoir blanchies, elle en fasse les langes dont elle enveloppera l'Enfant-Jésus.

Je sais que beaucoup me chasseront en me chargeant d'injures. D'autres s'écrieront : — C'est un fou qu'il ne faut, sous aucun prétexte, recevoir dans notre maison. D'autres : — Les affaires sont les affaires et les intérêts de notre commerce sont incompatibles avec ces fadaises. D'autres : — Nous irons, nous-mêmes, trouver l'Enfant-Jésus, dimanche prochain, si nous avons le temps. Et des scribes chuchoteront : — Nous l'avons fréquenté jadis ce galvaudeux et nous gardons contre lui le grief qu'il ne nous ressemble pas. S'il s'adresse à nous, faisons mine de ne plus le connaître.

Mais je sais également que, dans des ruelles

perdues, aux bâtisses sordides, comme sous les balcons de palais tout scintillants des fêtes de la Chimère, je découvrirai plusieurs âmes en détresse pour avoir oublié Dieu. Celles-là entendront ma requête et m'accompagneront jusqu'à la crèche où tu les appelles, Enfant né de nos fautes et de nos larmes pour le salut du monde.

Alors, peut-être le privilège me sera-t-il concédé de chanter à mi-voix : *Domine, quinque talenta tradidisti mihi; ecce enim quinque alia superlucratus sum.*

Ensuite, je m'agenouillerai à tes pieds, je poserai ma tête douloureuse sur la pierre de ton berceau, je me recueillerai dans la contemplation de ta divine splendeur et je te demanderai une grâce : non pas celle de guérir, non pas celle de mourir mais celle de veiller sur toi, en silence, avec ta Mère immaculée et ton Père nourricier. Exauce-moi, petit Enfant de Bethléem, mon maître aimé, mon maître adoré Seigneur Jésus-Christ !...

Prière conçue devant l'autel de l'Enfant-Jésus, dans la chapelle des Carmélites de, Beaune, le Mercredi des Cendres 1926.

FIN

TABLE DES MATIÈRES

SAINT-AMAND (CHER). — IMP. R. BUSSIÈRE